古音學入門

林慶勳
竺家寧 著

臺灣學生書局印行

《古音學入門》 序

古音學是語言學的一個部門，目前社會上對語言學的研究，風氣未開，少數談語言問題的，不是從文學的觀點看語言，就是從哲學的觀點看語言，眞正由語言學來談語言的著作，實在不多見。特別是目前的人文學界，對於漢語言的認識了解，可以說相當的貧乏，而語言學又是一切人文學科的一門基礎科目，我們看看各大學中文系所開的課程，有關語言學的就只有文字、聲韻、訓詁而已，學生們在漢語言基本知識普遍空白的情況下，乍然接觸這些科目，又難免有適應困難的情形，因此，擔任這些課程的教授們往往需付出更大的耐心與毅力來幫助同學們解決困惑。本書的編纂正是針對這樣的狀況，企圖提供有志漢語言學習的人一條方便的門徑。同時，我們也希望藉這本小書，能多少改變一下當前大學中文系重「文」輕「語」的學術風氣。

本書分兩部分：上編＜中古音入門＞，由林慶勳執筆，下編＜上古音入門＞，由竺家寧執筆。初學者應該先閱讀上編，具備了中古音的知識，再閱讀下編。本書撰寫時間較爲匆促，缺漏之處難免，希望讀者提出指正。

著者謹識　　1989 年 7 月

古音學入門　目次

下編　上古音入門

上編　中古音入門

1. 如何研究中古音

唐人胡曾撰有一首「嘲妻族語音不正」的詩說：

呼十却為石，喚針將做真。

忽然雲雨至，總道是天因。

這首詩雖然是開玩笑性質的打油詩，但是其中「十」與「石」、「針」與「眞」、「因」與「陰」的讀音，竟然與今天國語完全一致。也就是說胡曾妻族的讀音與現代多數北方話相若，好像胡曾也在嘲弄一千多年以後的現代人一般。

「十」字韻尾唐人讀〔-P〕，與「石」字讀〔-K〕有異；「針」、「陰」都讀〔-m〕，與「眞」、「因」讀〔-n〕也不同。這些差異，現代方言中的客家話、閩南話及粵語都保留它們之間的不同，可以證明胡曾的讀音的確有區別。所以寫詩嘲弄一番，基本上是讀音不同而引起。然而經歷十個世紀之後，這首詩竟然符合客家、閩南、粵語及其相對北方話的語音差異。

上舉現象表面上是巧合，其實不過是語音的「承襲」而已。今天我們要瞭解隋唐人的讀音，雖然無法直接起當時人於地下爲我們發音，可是表現當時讀音的一些資料，諸如韵書、韵圖，或者傳沿至今的現代方言及借到日、韓鄰邦的讀音，都可以提供我們認識那時讀音的大概。加上來自西方語言學的科學性方法，更能使我們比較有把握分析、歸納及標寫當時讀音。因此間接的起古人替我們發音，並不是不可能的事。

1-1 韻 書

研究漢語音韻史，簡單的分可以區別爲：

①上古音：主要指諧聲及《詩經》時代（前11至1世紀）

②中古音：主要是以隋、唐爲主（7至10世紀）

③近代音：指元、明、清三代（14至19世紀）

④現代音：現代國語（20世紀）

以上四個音韻沿革的發展，各自代表不同的音韻時期。衹在第二期以後，才有「韻書」出現。簡單的說，韻書是爲寫作詩文者檢查押韻之用的特殊字典。除了押韻參考價值外，它亦有「審音」的功能❶。在瞭解古人音韻系統的作用上，韻書在審音這一層面，對我們比較有意義。

今見的韻書，能代表「中古音」而且比較重要，當然是《切韻》、《唐韻》、《廣韻》、《集韻》等「《切韻》系韻書」❷。《切韻》是隋朝陸法言與劉臻等八人共同討論之後撰成的韻書，在隋文帝仁壽元年（601）撰序，應該是距成書不遠。《唐韻》則是唐朝孫緬等，在唐玄宗天寶十載（751）根據《切韻》所做的修訂本。可惜《切韻》與《唐韻》原本都已亡佚，能看到的不過是在敦煌發現的「殘卷」而已。也因此依據《切韻》、《唐韻》所修纂的《廣韻》和《集韻》，就顯得極有價值。

《廣韻》是宋朝陳彭年等奉令編輯的一部韻書，於宋眞宗大

---

❶ 本書「審音與押韻用的韻書」一節，有較詳細的介紹，請參閱。

❷ 同❶。

中祥符元年（ 1008 ）成書 ；《 集韵 》也是撰成於北宋，是丁度等奉詔於宋仁宗寶元二年（ 1039 ）完成 。 兩書同樣收有 206 韵，都是審音、押韵並用的「官韵」。然而《 集韵 》用途較廣泛，內容收集也較龐雜，所謂「務從該廣」（《 集韵、韵例 》），命名爲《 集韵 》自有它的意義。此外《 廣韵 》與《 集韵 》雖然撰於宋人之手，內容及體例却是模仿《 切韵 》、《 唐韵 》而來，舉它們來談中古音應不成問題。

以下舉《 廣韵 》一書體例，可以代表《 切韵 》系韵書的共同情況。韵書既然是一部押韵用的特殊字典，因此哪些字是可以押韵？哪些字不能？韵書當然劃分得很清楚。既然如此，介紹韵書體例自然有其必要。下面是《 廣韵 》下平聲幾個韵的例子：

七○歌 古俄切十一 謌柯娿𢘆渮㰤戨滒哥䶗○蹉 七何切七 瑳搓磋溠傞䞞○多 得何切三 䅤㑧……

八○戈 古禾切十五 過渦鍋輠檛𤸫瘑䯞𦦍啝緺堝鳺蝸○遳 七戈切一 ○㸖 丁戈切二 桗……

九○麻 莫霞切八 蟆蟇䃺蔴痲麻磨○車 尺遮切又音居二 硨○奢 式車切三 賒畬……

十○陽 與章切三十一 暘楊揚颺昜羊徉眻佯詳徉洋烊煬鍚輰錫敡瘍鴹鐊鸉蛘禓崵諹瑒鸉芉敭○詳 似羊切八 洋翔庠祥跭𤜦痒……

十一○唐 徒郎切四十 啺䠀煻糖……○藏 昨郎切又徂浪切一 ○骯 苦光切一 ○幫 博旁切五 縍搒䃶鞤

以上引述各字，本來都有注釋，今省略。《 廣韵 》除了依照平、上、去、入四聲分卷外（平聲分兩卷，其餘各爲一卷）各聲調又分若干韻目，如上舉下平聲❸有二十九個韻目。其中七、八、九、十、十一各韻第一個字：七歌、八戈、九痲、十陽、十一唐，就是「韻目」。又各韻之中，字前有「○」者，如七歌韻的「歌、蹉、多」；八戈韻「戈、逶、除」。這些字習慣上稱做「小韻」，意思是比「韻目」還小的單位。在各小韻之後都會注上「反切」標音，如「痲」注「莫霞切」，反切之後的「八」，表示讀「莫霞切」的字包括痲字在內共有八個。有時除了標反切表示該字在該韻的讀音外，也會標它的異音，如九痲第二小韻「車」字，讀「尺遮切」（ㄔㄜ）外「又音居」（ㄐㄩ）；十一唐第二小韻「藏」讀「昨郎切」（ㄘㄤˊ）外，有又切「徂浪切」（ㄗㄤˋ）。車讀尺遮切，在平聲痲韻是「本音」；藏讀昨郎切，在唐韻也是平聲本音。而「音居」、「徂浪切」都是又音，依照《廣韻》的體例，這些「又音」都會互注在其他相當的韻目中。如車字音居，就是上平聲「九魚」韻的「九魚切」，至於魚韻車字底下的「又昌遮切」，正是痲韻的本音「尺遮切」。又如藏字「又徂浪切」，這分明是一個去聲字，我們在去聲「四十二宕」，果然找到藏字注：「徂浪切，又祖郎切」，徂郎切當然就是平聲的「昨郎切」。《廣韻》是韻書，注重各字讀音的差異，一有不同必然區別清楚，它不像一般字典，把異音都匯聚在同字底下。這個又音的體例，有必要認識清楚，才不至於茫無頭緒。

回過頭來再看前面例子，同「韻目」以下的字，都是「叠韻」；同「小韻」則是「同音字」。如七歌，歌、蹉、多；八戈，

❸ 下平聲在《廣韻》與上平聲當時都是平聲，並非指現代國語陽平聲。

戈、迱、腂；九麻，麻、車、奢；十陽，陽、詳；十一唐，唐、藏、髒、幫。以上各組同韵目，各別是叠韵。而七歌，歌謌柯等十一字；十陽，陽暘楊以下三十一字。則是同音字。十一唐的唐字有三十九個同音字，但是也有「藏」、「髒」並無同音字的現象。

所謂「叠韵」與「同音」，都是指當時的情況，不能以後代的讀音來看待。如現代國語「歌」與「多」並不叠韵，「麻」與「車」也不是叠韵，但在《廣韵》都是叠韵字。也就因爲有這點古今不同的區別，所以韵書提供我們的是研究中古音很有價值的材料。又如「歌」與「戈」現代國語讀音沒有不同，《廣韵》則分隸在兩個不同韵目，可見當時必定讀音不同。它們之間究竟是如何不同？正好可以做爲我們研究中古音的極佳素材。

以上是就《廣韵》標音體例做簡單介紹，目的在明瞭韵書的標音結構，使我們對研究中古音有一個系統性的認識。以便有效掌握韵書的材料，做深入的分析與歸納。

1-2　韵　圖

中國人能分析字音，其實早在《詩經》時代就已經出現。像流離、蝃蝀、蟋蟀、頡頏、匍匐、顚倒、參差、玄黃等是「双聲」；崔嵬、扶蘇、倉庚、婆娑、逍遙、虺隤、差池等是「叠韵」。既然能造大量双聲、叠韵詞，顯然對字音結構已經瞭解透徹。但是眞正把每個字分析得清楚明白，却是受印度梵文拼音方式的影響所造成。梵文把每個音的單位分成「體文」（即輔音）與「

摩多」（即元音）兩部分，漢語就借這個觀念形成「聲母」和「韵母」，此外再加上漢語特有的「聲調」，三者綜合就形成本土化的字音結構分析。這項成績第一次表現在東漢末年的「反切」，其次就是唐末發展出來的「等韵圖」。反切與等韵圖，兩者有密不可分的關係，本節祇介紹等韵圖部分。

與中古音系有關，而且重要的等韵圖有五種：①南宋張麟之刋行的《韵鏡》，此書作者與成書年代不明，張氏刋刻在南宋高宗紹興三十一年（1161）。②南宋鄭樵的《七音略》，此書收在鄭氏《通志》二十略之一，時間在紹興三十二年（1162）左右。以上①②兩種韵圖都是由 43 張韵圖組成，內容則有異有同。③北宋的《四聲等子》，此書不知何人所作，根據近人趙蔭棠《等韵源流》的研究，成書約在北宋眞宗至道三年（997）到北宋末年（1126）之間。從內容看，比①②原本晚出許多。④南宋的《切韵指掌圖》，此書舊題司馬光撰，經今人考證恐係僞託，據趙蔭棠＜《切韵指掌圖》撰述年代考＞一文所論，成書約在南宋孝宗淳熙三年（1176）至南宋寧宗嘉泰三年（1203）之間，此書共收 20 圖。⑤元代劉鑑的《經史正音切韵指南》，成書在元順帝至元二年（1336），是唯一撰於元代而內容仍保存中古經史正音的韵圖。此書有圖 24，但歸併爲 16 攝，與③《四聲等子》20 圖合併爲 16 攝意義相同。以上五部韵圖，都與中古音研究有密切關係，是一些極重要的資料，後人合稱爲「宋元五大韵圖」。以下舉《韵鏡》說明它的體例及材料性質。

《韻鏡》第四十二圖（《古逸叢書》本）

內轉第四十二開

韻	行	脣音 清 1	脣音 次清 2	脣音 濁 3	脣音 清濁 4	舌音 清 5	舌音 次清 6	舌音 濁 7	舌音 清濁 8	牙音 清 9	牙音 次清 10	牙音 濁 11	牙音 清濁 12	齒音 清 13	齒音 次清 14	齒音 濁 15	齒音 清 16	齒音 濁 17	喉音 清 18	喉音 清 19	喉音 濁 20	喉音 清濁 21	舌音齒 清濁 22	舌音齒 清濁 23
登	A	崩	漰	朋	瞢	登	鼟	騰	能	縆	○	○	○	增	○	層	僧	○	○	○	恒	○	楞	○
	B	○	○	○	○	○	○	○	○	○	○	○	○	○	○	○	○	○	○	○	○	○	○	○
蒸	C	冰	砅	凭	○	徵	僜	澄	○	兢	硱	殑	凝	蒸	稱	繩	升	承	膺	興	○	蠅	陵	仍
	D	○	○	○	○	○	○	○	○	○	○	○	○	○	○	繒	○	○	○	○	○	○	○	○
等	E	○	倗	[illegible]	○	等	○	○	能	○	肯	○	○	噌	○	○	○	○	○	○	○	○	倰	○
	F	○	○	○	○	○	○	○	○	○	○	○	○	○	○	○	○	○	○	○	○	○	○	○
拯	G	○	○	○	○	○	庱	○	○	○	殑	○	○	拯	○	○	殑	○	○	○	○	○	○	○
	H	○	○	○	○	○	○	○	○	○	○	○	○	○	○	○	○	○	○	○	○	○	○	○
嶝	I	[illegible]	○	倗	懵	嶝	磴	鄧	○	亘	○	○	○	增	蹭	贈	[illegible]	○	○	○	○	○	○	○
	J	○	○	○	○	○	○	○	○	○	○	○	○	○	○	○	○	○	○	○	○	○	○	○
證	K	○	○	凭	○	○	覴	瞪	○	○	○	殑	凝	證	稱	乘	勝	剩	應	興	○	孕	[illegible]	認
	L	○	○	○	○	○	○	○	○	○	○	○	○	甑	彰	○	○	○	○	○	○	○	○	○
德	M	北	○	菔	墨	德	忒	特	螚	裓	刻	○	○	則	墄	賊	塞	○	餩	黑	劾	○	勒	○
	N	○	○	○	○	○	○	○	○	○	○	○	○	稄	測	崱	色	○	○	○	○	○	○	○
職	O	逼	揊	愎	[illegible]	陟	敕	直	匿	殛	[illegible]	極	嶷	職	翼	食	識	寔	憶	赩	○	○	力	○
	P	○	○	○	○	鄐	○	○	○	○	○	○	○	即	○	堲	息	○	○	○	○	弋	○	○

前圖舉例中，以阿拉伯數字 1 、2…… 23 代表聲母，以英文字母 A 、B …… P 表示韵母及聲調。首先談聲母，依照韵圖頂格所標脣音、舌音……舌齒音，可知是發音部位，而每組發音部位的聲母數（以 41 聲類爲準）却是不定。如脣音、舌音各有八個聲母，牙音祇有四個，齒音却有十四個，一般原則是：

⑴ **脣音，有幫系、非系兩組聲母：**

1（幫、非）、2（滂、敷）、3（並、奉）、4（明、微）

但是非系字出現是有條件：①祇出現在 C G K O 三等韵；②祇出現在東、鍾、微、虞、廢、文、元、陽、尤、凡及其相承的上、去、入諸韵；③它們的反切上字必須是非、敷、奉、微。上述三個條件同時成立，缺一不可。如 42 圖有 C1 、C2 、C3 K3 、O1 、O2 、O3 、O4 八個三等韵字，但 C 屬於蒸韵，相承的去聲 K 屬證韵、入聲 O 屬職韵，根本不符合②的條件，不必再驗證③，就可斷定上列八字都屬幫系聲母而不是非系字。

⑵ **舌音，也是有端系、知系兩組聲母：**

5（端、知）、6（透、徹）、7（定、澄）、8（泥、娘）

端系字出現在一等韵 A E I M 及四等韵 D H L P ；知系字則出現在二等韵 B F J N（ 42 圖正好無字），以及三等韵 C G K O 。

(3) **牙音，祇有見系一組聲母：**

9（見）、10（溪）、11（群）、12（疑）

從A到P祇要有字，都是見系的歸字。不過普通的現象，一、二等韵即A B、E F、I J、M N以不出現 11 群紐爲原則。

(4) **齒音，比較複雜，有精系、照系、莊系三組聲母：**

13（精、照、莊）、14（清、穿、初）、15(從、神、牀）、16（心、審、疏）、17（邪、禪）

精系字精清從心邪，祇見於一、四等韵，即A D、E H、I L、M P，惟A E I M都不會有 17 邪紐。照系字照穿神審禪，祇出現於三等韵，即C G K O。莊系字莊初牀疏，也僅在二等位置即B F J N才會出現，而二等的 17 則永遠是無字空位。

(5) **喉音，有影系一組五個聲母：**

18（影）、19（曉）、20（匣）、21（喻、為）

其中 20 匣紐，以不出現在三等C G K O爲原則；21 喻紐僅在四等D H L P，21 爲紐也祇在三等C G K O才能見到。其餘影、曉二紐則任何等第都有出現機會。

(6) **舌齒音，祇有來、日二組聲母：**

22（來）、23（日）

來紐四個等第都可能出現，日紐則以出現在三等即C G K O爲原則。

以上聲母的位置僅有 23 個，但是在《韵鏡》中的實際聲類却有 41 個之多。近代學者王力（ 1900 — 1986 ） 曾說，等韵圖其實是一個蘿蔔一個坑的問題。我們從上面聲母排列的複雜情況看，可以想見古人是多麼的利用巧思，把每一個蘿蔔處理得妥當之至，竟然不會出現一個坑有兩個蘿蔔的現象。如果更進一步去想，編韵圖者是否有意識讓 41 個聲類如此巧妙安排？抑或隨便安置拼凑在 23 行中即可？答案應該是前者。因爲同時讓 8 個、 14 個聲類，安頓在 4 行或 5 行的空格中，全部《韵鏡》 43 個圖都是極有規則而不紊亂，我們寧可相信，那是編韵圖者根據實際語音所做的安排。試比較 A5 登（端紐）與 C5 徵 （知紐）； A13 增（精紐）與 C13 蒸（照紐）……現代國語聲母的差異，就可以明白《韵鏡》對聲母的措置的確是有意義的。

在談到韵母前，可以先介紹聲調。《韵鏡》所表現的音系是中古音，它的聲調有平、上、去、入四個。它們極有規則的由上而下歸隸在四大欄內，即 A 到 D 爲平聲； E 到 H 爲上聲； I 到 L 爲去聲； M 到 P 則是入聲。前面所附《韵鏡》第 42 圖，登、蒸是平聲韵，等、拯是上聲韵，嶝、證去聲韵，德、職入聲韵，就是四聲依序的安排。

每一個聲調，在《韵鏡》中又區分爲四小格的橫行，像 42 圖 A 到 D 、 E 到 H 等，都是 4 橫行一組，它們分別稱做 1 等（ AEIM ）、 2 等（ BFJN ）、 3 等（ CGKO ）、 4 等（ DHLP ）。所謂「等韵」就是由這個 4 等來命名，由此可見它的重要性。 4 等的不同，一般人都是引用清人江永在《音學辨微》裏的說法

：「一等洪大，二等次大，三、四皆細，而四尤細。」❹也就是說4等的不同，是以音的洪細來做區分條件，1等比2等大，2等又大於3等，4等則是最小的音。根據後人研究，所謂洪細大小，是指韵頭的介音有無，在開口圖（如42圖）1、2等沒有任何介音所以大，3、4等則有介音〔-i-〕所以細；而合口圖1、2等有介音〔-u-〕，3、4等有介音〔-iu-〕，前者發音比後者大。在此祇解決了1、2等與3、4等介音的不同，至於1與2等，3與4等有何區別？後人就依據前引江永說法，推演出1等的韵腹主要元音比2等的低或後，3等與4等的情況相同。因爲元音愈後或愈低，發音時一定比相對的前或高元音大，拿來解釋洪細大小，似乎也頗具體。例如《韵鏡》25圖，平聲4等韵依次爲1豪、2爻、3霄、4蕭，近人董同龢（1911—1963）就把它們的主要元音分別擬爲〔ɑ〕、〔a〕、〔æ〕、〔ɛ〕❺，一等〔ɑ〕是後低元音，二等〔a〕是前低元音；三等〔æ〕是次低前元音，比四等〔ɛ〕是半低前元音稍微低些，發音時自然大些。

其次再談韵尾的不同。習慣上中古音的韵尾可以分做陰聲、陽聲及入聲三類，簡單說，收元音尾或無尾叫做陰聲；收鼻音尾叫做陽聲；有塞音尾稱做入聲。《韵鏡》將陰聲與陽聲分立，入聲則與陽聲相承。韵書是看不出入聲承陽聲的痕迹。一般說入聲收〔-K〕尾者與陽聲收〔-ŋ〕尾者相配；入聲收〔-t〕尾與

---

❹ 其實康熙年間，江西人熊士伯《等切元聲》早有此說。

❺ 見《漢語音韵學》173頁，台北：學生，1972、7。

陽聲收〔 -n 〕尾相配；入聲收〔 -P 〕尾與陽聲收〔 -m 〕尾相配。這個依據主要是從韵圖而來，韵書按聲調分卷，陽與入之間的關係完全看不出。前舉《韵鏡》 42 圖，平、上、去是陽聲，所以入聲有德、職兩韵相配；如果是陰聲韵像第 4 圖，平聲爲支韵、上聲爲紙韵、去聲爲寘韵，入聲的位置自然是空白。總之聲調平、上、去，可以區分爲陰聲與陽聲的不同，聲調的入聲其韵尾也稱入聲，《韵鏡》排列的規則，一定是平、上、去相承的陽聲，其下必承入聲；反之平、上、去相承的陰聲，因無入聲相配，所以總是位置留白。

以上是把《韵鏡》對聲類、韵類及聲調的措置做一簡單介紹。表面上僅是《韵鏡》一書的組織，其實其他韵圖都可依此類推。比如《韵鏡》、《七音略》及《切韵指掌圖》是先分聲調（四大格）再分四等（四小格），《四聲等子》與《經史正音切韵指南》則正好相反，先區別四等再分四聲。兩類韵圖看似極大不同，然而祇要把分合關係掌握清楚，不論如何改變都可以分析清楚。以下各舉《韵鏡》及《經史正音切韵指南》爲例做比較：

<table>
<tr><td>調</td><td>平</td><td>上</td><td>去</td><td>入</td><td rowspan="3">《韵鏡》</td></tr>
<tr><td>等</td><td>1 2 3 4</td><td>1 2 3 4</td><td>1 2 3 4</td><td>1 2 3 4</td></tr>
<tr><td></td><td>A B C D</td><td>E F G H</td><td>I J K L</td><td>M N O P</td></tr>
<tr><td>等</td><td>1</td><td>2</td><td>3</td><td>4</td><td rowspan="3">《切韵指南》</td></tr>
<tr><td>調</td><td>平上去入</td><td>平上去入</td><td>平上去入</td><td>平上去入</td></tr>
<tr><td></td><td>A E I M</td><td>B F J N</td><td>C G K O</td><td>D H L P</td></tr>
</table>

《切韻指南》的系統比較重視「四等」，與《韻鏡》注意「四聲」高於「四等」正好相反。我們在利用這兩類韻圖時，祇要留意《韻鏡》的基本結構，其他韻圖都可以迎刃而解。聲調與等第的關係如此，聲類等的分合也是依此可以類推。

1-3　方　言

本節要介紹研究中古音可資運用的活語言材料，其一是中國境內的漢語現代方言，其二是歷史上被借到日本、高麗、安南的域外方言。這些材料對中古音的研究，尤其是做爲擬音參考，可能沒有其他材料可以替代。

現代漢語方言

漢語方言雖然系統極複雜，但是從音韻學的角度來觀察，其實各方言都有程度不同的親疏關係。也就是說它們都是同一個來源，祇是分化的時間、背景或條件不同，才造成今日南腔北調而已。如果以大樹來比喻，方言不過是形貌不盡相同的枝幹，它們的「根本」則是一致。

依照一般的分類，可以把現代漢語分成八個大方言。⑴官話方言，大致可以分爲北方官話（如北平、瀋陽、濟南話）、西南官話（如漢口、成都、昆明、貴陽話）、下江官話（又稱江淮官話，如揚州、南京話）及西北方言（如西安、太原、蘭州話）四個大區。做爲全國通行標準語的「國語」，其實是以北平讀書人語音做基礎的文讀音，與北平土話的白話音是有區別的。⑵閩南方言，以廈門話爲代表，其他如漳州、泉州、潮州、汕頭都屬於此類方言。⑶閩北方言，如果以福州話爲代表，嚴格說應該稱做「閩東方言」，而建甌話才是道地的閩北方言，這是新舊分類的問題，可以不必管它。⑷吳方言，以蘇州、溫州話爲代表。⑸粵方言，以廣州話爲代表。⑹客家方言，以梅縣話爲代表。⑺湘方言，以長沙、双峰話爲代表。⑻贛方言，以南昌話爲代表。

八大方言既然來源相同，當然與中古音有程度不同的對應關係，因此現代漢語方言是極有價值的研究中古音材料。就漢語音韻史來說，有幾種重要的音韻變化，都可以從方言中找到很好的例證，以下分項加以說明❻：

①輕重脣分化：重脣與輕脣的聲母，原來祇讀重脣一組，晚唐以後輕脣聲母才由重脣中分化。這種現象我們可以在現代方言中看到例子，唯一未產生變化的是閩南語和客家語。

	朋	馮
北平	꜀P′əŋ ❼	꜀fəŋ
漢口	꜀P′oŋ	꜀foŋ
揚州	꜀P′ɔuŋ	꜀fɔuŋ

---

❻ 以下各項音韻變化，主要係參考何大安《聲韻學中的觀念和方法》，250－253頁（台北：大安出版社，1987、12）撰寫。

❼ 標音根據北大中文系，《漢語方音字滙》，北京：文字改革，1962、9。下同。

太原	꜀P'əŋ	꜀fəŋ
廈門	꜁PIŋ	꜁Paŋ [8]
福州	꜁Peiŋ	꜁Xuŋ
蘇州	꜁baŋ	꜁Voŋ
廣州	꜁P'aŋ	꜁fuŋ
梅縣	꜁P'ɛn	꜁P'uŋ
長沙	꜁Pən	꜁Xoŋ
南昌	꜁Puŋ	ɸuŋᵓ

朋字中古的條件是登韵開口一等並紐，馮字是東韵合口三等奉紐。由廈門及梅縣讀音，可知中古輕重脣不分是有證據的。

②端知二分：現代方言多數都繼承中古端透定與知徹澄的不同讀法，祇有閩南語與閩北語仍然保存未分化前的相同。

	膽	展	道	趙
北平	꜂tan	꜂tʂan	tauᵓ	tʂauᵓ
漢口	꜂tan	꜂tsan	tauᵓ	tSauᵓ
揚州	꜂tɛ̃	꜂tSĩ	tɔᵓ	tSɔᵓ
太原	꜂tæ̃	꜂tSæ̃	tauᵓ	tSauᵓ
廈門	꜂tã	꜂tian	to꜅	tio꜅
福州	꜂taŋ	꜂tieŋ	tɔ꜅	tieu꜅

---

[8] 廈門音有文白二讀者，均取較常見之口語音，下同。其他方言準此。

蘇州	ᶜtE	ᶜtSø	dæ꜔	Zæ꜔
廣州	ᶜta:m	ᶜtʃin	tou꜔	tʃiu꜄
梅縣	ᶜtam	ᶜtSan	t'au꜄	tS'əu꜄
長沙	ᶜtan	ᶜtʂɤn	tau꜄	tʂau꜔
南昌	ᶜtan	ᶜtSɛn	t'au꜔	tS'ɛu꜔
中古條件	敢韵開一端	獮韵開三知	晧韵開一定	小韵開三澄

閩南或閩北方言，端、知兩系未分化，與其他方言剛好是一種對比。前者的不分，可以證明閩語來源較古，與上古讀音相同；而其他方言則是承襲中古音而來，因此端系與知系有不同的讀法，拿來證明中古端、知兩系有別，確是最佳的例證。

③濁音清化：中古音的聲母，是有清濁兩組相對的現象，而現代方言中，有些仍能保存此種對立，有些則已濁音清化混同了。

	結	傑	猜	才
北平	꜀tɕie	꜁tɕie	꜀tS'ai	꜁tS'ai
漢口	꜀tɕie	꜁tɕie	꜀tS'ai	꜁tS'ai
揚州	tɕiəʔ꜄	tɕiəʔ꜄	꜀tS'ɛ	꜁tS'ɛ
太原	tɕiəʔ꜄	tɕiəʔ꜔	꜀tS'ai	꜁tS'ai
厦門	Kat꜄	Kiat꜔	꜀tS'ai	꜁tS'ai
福州	Kieʔ꜄	Kieʔ꜄	꜀tS'ai	꜁tS'ai
蘇州	tɕiaʔ꜄	dʑiɤʔ꜔	꜀tS'E	꜁ZE

廣州	Kitc⑨	Kit꜇	꜀tʃ'a:i	꜁tʃ'ɔi
梅縣	Kiat꜆	K'iɛt꜇	꜀tS'ai	꜁tS'ai
長沙	tɕie꜆	tɕie꜆	꜀tS'ai	꜁tS'ai
南昌	tɕiɛt꜆	tɕiɛt꜆	꜀tS'ai	꜁tS'ai
中古條件	屑開四見	薛開三羣	咍開一清	咍開一從

傑與才兩字，在中古音都是屬於濁音，許多方言中，它們都讀清音，與相對的結、猜幾乎沒有不同。祇有吳語的蘇州話，傑與才仍然保存讀全濁音（①例的朋、馮及②例的道、趙亦類似），因此在擬測中古音的清濁相對時，吳語是一個很的材料。

④双脣鼻音尾與塞音尾遺失：現代方言如北平話，陽聲字仍有鼻音尾〔 -n 〕、〔 -ŋ 〕，可是收〔 -n 〕之中有許多是中古音收〔 -m 〕双脣鼻音變來；而那些中古塞音尾收〔 -P 〕、〔 -t 〕、〔 -K 〕的字， 今天北平話已混同陰聲字中無尾者。這些現象，各方言不盡相同。

	嚴	顏	鴿	割	格
北平	꜁ian	꜁ian	꜀Kɤ	꜀Kɤ	꜁Kɤ
漢口	꜁ian	꜁ian	꜁Ko	꜁Ko	꜁Kɤ
揚州	꜁Ĩ	꜁Ĩ	Kəʔ꜆	Kəʔ꜆	Kəʔ꜆

---

⑨ 廣州話有特別的一個聲調，在右下角而且半圓缺口朝右〔 c 〕，≪漢語方音字滙≫（ 1962 ：凡例 9 ）稱做「中陽入」（ ˧33 ）。

太原	꜀iɛ	꜀iɛ	Kəʔ꜆	Kəʔ꜆	Kəʔ꜆
厦門	꜁ŋiam	꜁gan	Kap꜆	Kuaʔ꜆	Keʔ꜆
福州	꜁ŋieŋ	꜁ŋaŋ	Kaʔ꜆	Kaʔ꜆	Kaʔ꜆
蘇州	꜁ȵI	꜁ŋE	Kɤʔ꜆	Kɤʔ꜆	Kaʔ꜆
廣州	꜁jim	꜁ŋa:n	Kap꜀	Kɔt꜀	Kak꜀
梅縣	꜁ȵiam	꜁ȵian	Kap꜆	Kɔt꜆	Kɛt꜆
長沙	꜁ȵiẽ	꜁ŋan	Ko꜆	Ko꜆	Kɤ꜆
南昌	ȵiɛn꜄	ŋan꜄	Kɔt꜆	Kɔt꜆	Kat꜆
中古條件	**嚴開三疑**	**刪開二疑**	**合開一見**	**曷開一見**	**陌開二見**

從嚴字的讀音可以看出，仍然保存双脣鼻音尾〔 -m 〕的方言，祇有厦門、廣州及梅縣（②例的胆字類似，惟厦門亦有讀〔꜂tam〕一音，是文言讀法），其他方言都與顏字差不多相同。而鴿、割、格三字，以廣州話讀〔 -P 〕、〔 -t 〕、〔 -K 〕，與中古條件完全相應，其他方言仍有塞音尾者如厦門、梅縣、南昌方言（③例結、傑兩字亦同），但是與中古音條件稍有不同。其中厦門割讀〔 Kuaʔ꜆ 〕、格讀〔 Keʔ꜆ 〕，都是口語讀法，這兩字的文言讀法是割〔 Kat꜆ 〕、格〔 KIK꜆ 〕，也都是與中古音條件相符。至於揚州、太原、福州、蘇州等方言，鴿、割、格三個字仍收有喉塞音尾〔 -ʔ 〕，表示它們的塞音韵尾正在消失合併中，但仍留有塞音痕迹。因此擬訂中古音的鼻音尾或塞音尾，不能不參酌現代方言之間的差異。

⑤濁上歸去：現代許多方言，將古音的全濁上聲和全濁去聲讀成同音，這是聲調的相混。但是仍有某些方言保存原來的對立，

正足以提供研究中古音時的參考。

	社	射	盾	鈍
北平	ʂɤ꜄	ʂɤ꜄	tuən꜄	tuən꜄
漢口	Sɤ꜄	Sɤ꜄	tən꜄	tən꜄
揚州	ɕI꜄	ɕI꜄	tən꜄	tən꜄
太原	Sə꜄	Sə꜄	tuŋ꜄	tuŋ꜄
廈門	Sia꜅	Sia꜅ ❿	꜂tun	tun꜄
福州	Sie꜅	Sie꜅	꜂touŋ	touŋ꜅
蘇州	ZO꜅	ZO꜅	꜃dən	dən꜅
廣州	꜃ʃɛ	ʃɛ꜅	꜃tʻæn	tœn꜅
梅縣	꜀Sa	Sa꜄	꜂tun	tʻun꜄
長沙	ʂɤ꜅	ʂɤ꜄	tən꜄	tən꜅
南昌	Sa꜅	Sa꜅	tʻən꜅	tʻən꜅
中古條件	馬開三禪	禡開三神	混合一定	慁合一定

以上兩組例子，社與盾是中古全濁上聲，射與鈍則是全濁去聲。然而社、射一組，幾乎聲調都已混同讀陰去或陽去，祇有廣州話仍然保存中古的對立，社讀陽上、射讀陽去。此外吳語中的溫州話，社、射也有區別，各讀〔꜃Zei〕、〔Zei꜅〕，也與中古音接近。至於盾、鈍一組，廈門、福州、廣州及梅縣都有上聲與去

---

❿　這是讀書音，口語音讀〔tso꜇〕，反而不常見。

聲兩讀，其他方言則無此分別。

綜合以上舉例及說明，可知現代方言中，確實保存著中古音聲母、韵母及聲調的特性。讓我們在中古音研究上，有一些極有價值的材料可供參考，同時在擬構中古音時，又是一些有力的證據。

域外方言借音

這裏所謂域外方言借音，指的是從西元三世紀左右到九世紀間，漢字字音被借到高麗、日本及安南，然後就其本身語音系統加以修正而成的讀音。這些讀音轉借的時代，正好是我們中古音的時代，因此與現代漢語方言同樣具有參考價值，對中古音研究也是一項重要材料。

高麗借用漢字讀音的時代最早，約在西元三世紀左右；其次是六朝時從長江三角洲區域傳到日本的「吳音」，以及七世紀隋唐時從中國北方傳到日本的「漢音」；最晚則是唐末約九世紀時，安南所借用的漢字讀音⓫。這些讀音的轉借，固然保存有當時中國讀音的面貌，但是按照借者自己語音系統習慣所做的改變，必然也不少，我們在應用時不能不留意。如中古塞音尾有〔 -t 〕，借到高麗後都讀成〔 -l 〕，日本漢音或吳音都分別讀〔 -tSu 〕與〔 -tɕi 〕，以下是一些例子請參考：

⓫ 見陳伯元師，<簡介佛瑞斯特中國古代語言之研究方法>，≪鍥不舍齋論學集≫，452 頁，台北：學生，1984、8。

	一	八	雪	月	日
高麗	il ⑫	P′al	Səl	uəl	il
漢音	itsu	hatsu	setsu	getsu	dʑitsu
吳音	itɕi	hatɕi	setɕi	guatɕi	nitɕi

域外方言的作用，有時與漢語現代方言一樣，同時都可做爲我們研究中古音的參考材料。比如現代國語不存在的〔 -P 〕、〔 -t 〕、〔 -K 〕塞音尾及〔 -m 〕双脣鼻音尾，也能在高麗、日本及安南的漢字讀音中找到證據，甚至中古音有清濁對立現象，域外方言也能提供我們一些積極性的有意義材料。以下舉例並說明於後。

	北平	高麗	漢音	吳音	安南
①十	꜀ʂʅ ⑬	Sip	ɕu:	dʑu:	t′ɐp
②法	꜂fa	Pəp	ho:	ho:	fap
③察	꜀tʂ′a	tɕ′al	satsu	setɕi	Sat
④達	꜁ta	tal	tatsu	tatɕi	ɗat
⑤特	t′ɤ꜄	t′ɯk	toku	doku	ɗăk

⑫ 標音見趙元任等譯，高本漢著，《中國音韻學研究》，<方言字彙>，台北：商務，1966、5，台二版。

⑬ 以下標音同⑫。惟北平話是作者所加，與原書有異。

⑥石	꜁ʂʅ	Sek	Seki	dʑaku	t'aʈ
⑦三	꜀San	Sam	San	Son	tam
⑧今	꜀tɕin	Kwm	Kin	Kon	Kɐm
⑨煽	ʂan꜄	Sən	Sen	Sen	t'ieɳ
⑩善	ʂan꜄	Sən	Sen	Zen	t'ieɳ
⑪帝	ti꜄	tɕe	tei	tai	ɖe
⑫弟	ti꜄	tɕe	tei	dai	ɖe
⑬儀	꜁i	ωi	gi	gi	ŋi
⑭移	꜁i	i	i	i	Zi
⑮二	ɚ꜄	i	dʑi	ni	ɲi
⑯日	ʐʅ꜄	il	dʑitsu	nitɕi	ɲɐt

①十②法，中古音都是收双脣塞音〔 -P 〕尾，高麗與安南借音都能表現〔 -P 〕尾的特性。③察④達，中古音都是收舌尖塞音〔 -t 〕尾的入聲字，誠如前面所述，高麗改讀〔 -l 〕；漢音與吳音則各立一個音節（這是音節文字的日本語系統特性）讀〔 -tSu 〕或〔 -tɕi 〕；安南雖讀捲舌塞音〔 -ʈ 〕,却仍是有韵尾的。⑤特⑥石，中古音是收〔 -K 〕尾舌根塞音的入聲字，不但在高麗及安南見到，甚至漢音與吳音亦設一個〔 -Ku 〕或〔 -Ki 〕的音節保存。⑦三⑧今，中古是收〔 -m 〕尾双脣鼻音，現代漢語方言多數不存在的情況下，我們却能在高麗及安南的方言中找到遺留痕迹。⑨煽與⑩善、⑪帝與⑫弟，都是現代國語不能區別清濁的字，然而中古音⑩與⑫都是全濁聲母，恰與⑨、⑪清濁相對立，而有幸的我們在吳音中也找到證據。⑬儀是中古疑紐字，

⑭移中古是喻紐字，《韻鏡》把⑬歸在牙音，⑭歸於喉音，兩者是有區別，可惜現代國語已不能辨，⑬組的漢音、吳音及安南讀音，都給我們一強有力證據的確是牙音（舌根音），尤其是安南讀舌根鼻音〔ŋ-〕，正與《韻鏡》相合。⑮二及⑯日都是中古日紐字，現代國語讀音本身就不統一，漢音、吳音及安南却給我們極統一的讀法，在擬訂中古讀法時，頗有參考價值。

域外方言的借音，在研究中古音時所具備的功能，雖然漢語現代方言都有，但是江海成其大乃是不拒細流所致，證據愈充足愈廣泛，對中古音考訂的可信度，自然也愈能讓人信服。

1-4　認識中古音音節結構

漢語的音韵結構，經近人劉復（1891—1934）提出「頭、頸、腹、尾、神」⓮分類後，使音韵分析益加清楚。劉氏的分法與聲韵調的關係如下：

反切上字	反	切	下	字
聲　母	韵		母	調
頭	脛	腹	尾	神
聲　母	韵頭	韵腹	韵尾	聲調

⓮ 見羅常培，《漢語音韵學導論》，73頁引，香港：太平，1970、3。

幾乎漢語的古今音或各種方言的音韵結構，都可以用上述的五分法分析，旣科學又簡便。

歷經音韵學者的努力，已經可以把中古音的「音節結構」標寫出來，這個結構對認識中古音有極大好處。以下先列丁邦新先生的結構：⓯

$$\begin{Bmatrix} C \\ S \end{Bmatrix} (\,S\,)\; V \left(\begin{Bmatrix} C \\ S \end{Bmatrix} \right)$$

正是由前述五分法描寫而得，其中僅缺少聲調部份，丁先生認爲聲調應置於聲母與韵母之上，表示聲調並不是僅與韵母有關係而已：

$$\overset{T}{\overline{\begin{Bmatrix} C \\ S \end{Bmatrix} (\,S\,)\; V \left(\begin{Bmatrix} C \\ S \end{Bmatrix} \right)}}$$

但是聲調是漢語必備的條件，沒有它就不能成其爲漢語，因此儘管重要也可以約定俗成的省略。我們爲了容易說明，依照音韵結構順序，把丁先生的中古音音節結構改易如下：

$$\begin{Bmatrix} C \\ S \end{Bmatrix} (\,S\,)\; V \left(\begin{Bmatrix} C \\ S \end{Bmatrix} \right) T$$

上列符號，C代表輔音（Consonant）、S代表半元音（Semi-vowel）、V代表元音（Vowel）、T代表聲調（tone）。聲母

⓯ 見丁邦新先生，＜上古漢語的音節結構＞，≪中央研究院歷史語言研究所集刊≫50、4：717－739，台北，1979、12。

部份的大括弧｛　｝，代表其中的C或S可以單獨成立，也能同時俱有，但不能同時俱無；小括弧（　），是其中S可以有也可以無；沒有任何括弧的V和T，則是無條件的必備，不能有例外；韵尾的（｛　｝），表示可以沒有韵尾，有韵尾的話衹能出現其中一個，不能同時並存。此外友人何大安兄在所著《聲韵學中的觀念和方法》一書中，再把前述結構化簡為：⑯

（C≬M）（M）V（E）

「（≬）」這個符號，表示其中的C、M或者同時出現，或者至少有一個出現，不能二者都無，意義與前舉聲母的大括弧相同。而英文字母C、V仍表示輔音和元音，M則代表介音（medial）、E代表韵尾（ending）。何大安的系統與丁先生的系統其實是一樣，但對初學者而言，何大安的結構比較容易入門。他把丁先生第一、二個S改成M，讓人明白這個S是介音，把最後S及C改成E，表示它們是韵尾，不必再區分輔音或半元音尾。本文為入門而寫，以下都用何大安系統。

因為中古音的擬音是經假設討論而成，取來做中古音音節結構舉例，恐怕有邏輯上的問題，對初學者亦有不妥，因此以下先說明較易掌握的國語音韵系統。何大安所擬國語音節結構是：⑰

（C）（M）V（E）T

首先可以將上列結構，依照傳統方式分成三部份：(1)聲母是（C

---

⑯ 見該書108頁及256頁，台北：大安，1987、12。

⑰ 見《聲韵學中的觀念和方法》，58－59頁（台北：大安，1987、12）。惟聲調「T」是本文作者補加。

），也就是國語ㄅ〔 P- 〕、ㄆ〔 P′- 〕、ㄇ〔 m- 〕……等二十一個聲母。⑵韵母包括（ M ）是介音，指國語的三個介音一〔 -i- 〕、ㄨ〔 -u- 〕、ㄩ〔 -y- 〕；V〔 E 〕，則是十三個國語韵母ㄚ〔 -a 〕、ㄛ〔 -o 〕……等。⑶聲調 T 僅有陰平、陽平、上、去四個調。因爲「國語注音符號」在音素分析上有所不便，以下說明改用「國際音標」，至於注音符號與國際音標的對照，請參考本文之後的附錄。

（ C ）

①可能是輔音聲母，〔 P- 〕、〔 P′- 〕、〔 m- 〕、〔 f- 〕、〔 t- 〕、〔 t′- 〕、〔 n- 〕、〔 l- 〕、〔 K- 〕、〔 K′- 〕、〔 X- 〕、〔 tɕ- 〕、〔 tɕ′- 〕、〔 ɕ- 〕、〔 tʂ- 〕、〔 tʂ′- 〕、〔 ʂ- 〕、〔 ʐ- 〕、〔 tS- 〕、〔 tS′- 〕、〔 S- 〕。

②也可能是零聲母（〔 ø- 〕）。

③但不能是〔 ŋ- 〕⑱。

（ M ）

①可能是介音〔 -i- 〕、〔 -u- 〕、〔 -y- 〕。

②也可能是零介音〔 -ø- 〕。

V

①可能是舌面元音，〔 a 〕、〔 o 〕、〔 ɤ 〕、〔 e 〕、〔 ə 〕及〔 i 〕、〔 u 〕、〔 y 〕。

---

⑱ 所謂「不能」是屬於「音節結構限定」（ syllable structure constraint ），見何大安，《聲韵學中的觀念和方法》，59頁，台北：大安，1987 、12 。下同。

②也可能是舌尖元音，〔 ɿ 〕、〔 ʅ 〕、〔 ɚ 〕。

③如果一個音節祇有V，這個V不能是〔 ɿ 〕、〔 ʅ 〕、〔 ə 〕、〔 e 〕、〔 o 〕。

④〔 ɚ 〕祇能單獨出現，前後不能有別的音。

⑤〔 ɿ 〕祇能出現在〔 ts- 〕、〔 ts'- 〕、〔 s- 〕之後；〔 ʅ 〕祇能出現在〔 tʂ- 〕、〔 tʂ'- 〕、〔 ʂ- 〕、〔 ʐ- 〕之後；〔 ɿ 〕、〔 ʅ 〕之後不能再有韵尾。

⑥〔 e 〕祇能出現在〔 -i 〕或〔 -y 〕之後，或〔 i 〕之前。

⑦〔 o 〕祇能出現在〔 u 〕之後或之前。

（ E ）

①可能是鼻音，〔 -n 〕、〔 -ŋ 〕。

②也可能是元音，〔 -i 〕、〔 -u 〕。

③也可能是零韵尾〔 -ø 〕。

④但不可能是鼻音尾〔 -m 〕，也不可能是元音尾〔 -y 〕。

T

祇能有陰平（第一聲）、陽平（第二聲）、上（第三聲）、去（第四聲）四個調。

以上介紹了現代國語音節結構，由積極條件的「可能」與「祇能」，以及消極條件的「不能」等規則，或許對於國語的音韵系統，能較有科學性及系統性的掌握。因此以下比照國語處理方式，對中古音音節結構的說明，當能較明確的認識。惟中古音擬音是一種假設，諸家所擬不盡相同，當然無法如現代國語一樣有標準可言，這些對音節結構的分析，自然無法達到絕對百分之百的程度，這是與國語音節結構不同的地方。

以下先列中古音音節結構：⑲

（C）（M）（M）V（E）T

（C）（M）

①C可能是輔音聲母。

②在三等韵的條件下，C也可能是零聲母，但M此時必然是介音，如〔-j-〕等。

③在三、四等韵的條件下，CM可能同時出現。C與①相同，M則必然是介音〔-j-〕或〔-i-〕等。

④但不可能CM同時都無。

（M）

衹能在合口的條件下出現，而且必然是〔-u-〕（或〔-w-〕）。

V

①衹能是舌面元音。

②整個音節不可能衹有V。

（E）

①可能是鼻音，〔-m〕、〔-n〕、〔-ŋ〕。

②也可能是元音，〔-i〕、〔-u〕。

③也可能是清塞音，〔-P〕、〔-t〕、〔-K〕。

④亦可能是零韵尾〔-ø〕。

T

---

⑲ 已見前面說明，惟聲調T仍然是本文作者補加。

祇能有平、上、去、入四個調。

有了以上積極和消極的條件，對中古音音節結構自然能具體的掌握。如果能更進一步去分析與歸納，則中古音的面貌當能更爲清晳，如此一來，不論擬音或者做聲類、韻類系統的討論，不但有可依據的理論與規則，而且對實際擬音的檢討，當不至於淪於空談玄想而已。然而對於初學者，最好能先有效掌握現代國語音節結構，然後對中古音音節結構才能迎刄而解，並且達到最有利的運用。

綜合以上說明，不論是韵書、韵圖或境內方言、域外借音，都是研究中古音比較有價值而直接的材料。如果能徹底認識這些材料，進而有效應用它們，再加上利用中古音音節結構來檢討擬音，那麼對於中古音的實際內容究竟是如何？應該有讓人較滿意的答案。因此起古人於地下雖然不可能，然而根據以上材料所獲得的讀音，似乎也可以算是前人傳遞給我們的間接發音。至於如何利用以上材料來推擬中古音，並非簡單的介紹就能明白，本文僅是供初學入門之用，因此不擬說明討論。此外掌握「國際音標」（International Phonetic Alphabet ，簡稱 I.P.A.）並有效運用它，在古音學研究上是極重要的一件事。以下列 I.P.A. 的輔音、元音表之外，也把現代國語與各式拼音對照列為另一附錄[20]，用意是取其能懂易曉，然後對中古音擬音的認識，必有類比的幫助。至於附錄的有關問題，因限於篇幅，祇能從略不再做討論。

---

[20] 以下附錄三至六，國語注音符號第一式、第二式，據民國75年教育部修訂公佈的拼法。

問題與討論

1. 何謂中古音？代表的時代起迄爲何？
2. 《廣韵》在中古音研究上有什麼價值？
3. 《廣韵》如何安排叠韵字及同音字？
4. 《韵鏡》對聲類與韵類如何措置？
5. 等韵圖有何作用？對中古音研究能證明什麼？
6. 何謂現代方言？在中古音研究上具有什麼地位？
7. 域外方言有哪些？在中古音研究上有哪些限制？
8. 爲什麼研究音韵學需要用國際音標（I.P.A.）？
9. 「音節結構」爲什麼能幫助我們研究音韵學？
10. 中古音音節結構有什麼局限？

附錄一　漢語音韵學常用國際音標輔音簡表

發音方法＼發音部位			双脣	脣齒	舌尖前	舌尖中	舌尖後	舌尖面	舌面前	舌面中	舌根	小舌	喉
塞	清	不送氣	P			t	ʈ		ȶ	C	K		ʔ
		送氣	P′			t′	ʈ′		ȶ′	C′	K′		
	濁	不送氣	b			d	ɖ		ȡ	ɟ	g		
		送氣	b′			d′	ɖ′		ȡ′	ɟ′	g′		
擦	清		ɸ	f	S		ʂ	ʃ	ɕ	ç	X		h
	濁		β	V	Z		ʐ	ʒ	ʑ	(j)	ɣ		ɦ
塞擦	清	不送氣		Pf	ts		tʂ	tʃ	tɕ				
		送氣		Pf′	ts‘		tʂ′	tʃ′	tɕ′				
	濁	不送氣		bv	dz		dʐ	dʒ	dʑ				
		送氣		bv′	dz‘		dʐ′	dʒ′	dʑ′				
鼻	濁		m	ɱ		n	ɳ		ȵ	ɲ	ŋ		
邊						l							
顫						r						R	
閃							ɽ						
半元音										j(y)	(W)		

附錄二　漢語音韻學常用國際音標元音簡表

類別 / 高低		舌尖		舌面					
				前		央		後	
		前	後	展	圓	展	圓	展	圓
高	最高	ɿ	ʅ	i	y	ɨ	ʉ	ɯ	u
	次高			I	Y				ʊ
中	半高			e	ø			ɤ	o
	正中		ɚ	E		ə			
	半低			ɛ	œ	ɜ	ɞ	ʌ	ɔ
低	次低			æ		ɐ			ɒ
	最低			a		A		ɑ	

附錄三　國語聲母與各式拼音對照表

名稱／發音部位	國語注音符號第一式	國際音標	國語注音符號第二式	漢語拼音方案	威妥瑪式	耶魯式
双脣	ㄅ	〔P〕	b	b	P	b
	ㄆ	〔P′〕	P	P	P′	P
	ㄇ	〔m〕	m	m	m	m
脣齒	ㄈ	〔f〕	f	f	f	f
舌尖中	ㄉ	〔t〕	d	d	t	d
	ㄊ	〔t′〕	t	t	t′	t
	ㄋ	〔n〕	n	n	n	n
	ㄌ	〔l〕	l	l	l	l
舌根	ㄍ	〔K〕	g	g	K	g
	ㄎ	〔K′〕	K	K	K′	K
	ㄏ	〔X〕	h	h	h	h
舌面前	ㄐ	〔tɕ〕	j (i)	j	Ch(i)	j(i)
	ㄑ	〔tɕ′〕	Ch (i)	q	Ch′(i)	Ch(i)
	ㄒ	〔ɕ〕	Sh (i)	X	hS(i)	S(i)
舌尖後	ㄓ	〔tʂ〕	j	Zh	Ch	j
	ㄔ	〔tʂ′〕	Ch	Ch	Ch′	Ch
	ㄕ	〔ʂ〕	Sh	Sh	Sh	Sh
	ㄖ	〔ʐ〕	r	r	j	r
舌尖前	ㄗ	〔tS〕	tZ	Z	tS、tZ	dZ
	ㄘ	〔tS′〕	tS	C	tS′、tZ′	tS
	ㄙ	〔S〕	S	S	S、SZ	S

附錄四 **國語韻母與各式拼音對照表**

分類＼名稱	國語注音符號第一式	國際音標	國語注音符號第二式	漢語拼音方案	威妥瑪式	耶魯式
舌面單元音	ㄧ	〔i〕	-i、yi	-i、yi	i	-i、yi
	ㄨ	〔u〕	-u、wu	-u、wu	-u、wu	-u、wu
	ㄩ	〔y〕	-iu、yu	-ü、yu	-ü、yu	yu
	ㄚ	〔a〕	a	a	a	a
	ㄛ	〔o〕	o	o	o	o
	ㄜ	〔ɤ〕	e	e	o、-ê	e
	ㄝ	〔e〕	ê			e
舌面複元音	ㄞ	〔ai〕	ai	ai	ai	ai
	ㄟ	〔ei〕	ei	ei	ei	ei
	ㄠ	〔au〕	au	ao	ao	au
	ㄡ	〔ou〕	ou	ou	ou	ou
元音＋鼻音尾	ㄢ	〔an〕	an	an	an	an
	ㄣ	〔ən〕	en	en	ên	en
	ㄤ	〔aŋ〕	ang	ang	ang	ang
	ㄥ	〔əŋ〕	eng	eng	êng	eng
舌尖元音	ㄦ	〔ɚ〕	er	er	êrh	er
	(ㄭ)	〔ɿ〕	Z	i	-ŭ	-Z
		〔ʅ〕	r	i	-ih	-r

附錄五　國語結合韻母與各式拼音對照表

分類／名稱	國語注音符號第一式	國際音標	國語注音符號第二式	漢語拼音方案	威妥瑪式	耶魯式
上升複元音	ㄧㄚ	〔ia〕	ia	ia	-ia、ya	ya
	ㄧㄛ	〔io〕	io			
	ㄧㄝ	〔ie〕	ie	ie	-ieh、yeh	ye
	ㄨㄚ	〔ua〕	ua	ua	-ua、wa	wa
	ㄨㄛ	〔uo〕	uo	uo	-uo、wo	wo
	ㄩㄝ	〔ye〕	iue	üe	-üeh、yüeh	ywe
三合元音	ㄧㄞ	〔iai〕	iai		yai	yai
	ㄧㄠ	〔iau〕	iau	iao	-iao、yao	yau
	ㄧㄡ	〔iou〕	iou	iou	-iu、yu	you
	ㄨㄞ	〔uai〕	uai	uai	-uai、wai	wai
	ㄨㄟ	〔uei〕	uei	uei	-ui(-uei)、wei	wei

介音＋鼻音尾韻母	ㄧㄢ	〔ian〕	ian	ian	-ien、yen	yan
	ㄧㄣ	〔in〕	in	in	-in、yin	-in、yin
	ㄧㄤ	〔iaŋ〕	iang	iang	-iang、yang	yang
	ㄧㄥ	〔iŋ〕	ing	ing	-ing、ying	-ing、yng
	ㄨㄢ	〔uan〕	uan	uan	-uan、wan	wan
	ㄨㄣ	〔uən〕	uen	uen	-un、wên	wun
	ㄨㄤ	〔uaŋ〕	uang	uang	-uang、wang	wang
	ㄨㄥ	〔uŋ〕	ung	-ong、ueng	-ung、wêng	-ung、weng
	ㄩㄢ	〔yan〕	iuan	üan	-üan、yüan	wan
	ㄩㄣ	〔yn〕	iun	ün	-ün、yün	yun
	ㄩㄥ	〔yuŋ〕	iung	iong	-iung、yung	yung

附錄六　國語聲調與各式拼音對照表

調類＼名稱	國語注音符號第一式	國際音標 調號	國際音標 說明	國語注音符號第二式	漢語拼音方案	威妥瑪式	耶魯式
陰平（第一聲）	（不標）	˥	高平（55）	ˉ	ˉ	1	ˉ
陽平（第二聲）	ˊ	˧˥	高升（35）	ˊ	ˊ	2	ˊ
上（第三聲）	ˇ	˨˩˦	降升（214）	ˇ	ˇ	3	ˇ
去（第四聲）	ˋ	˥˩	全降（51）	ˋ	ˋ	4	ˋ
輕聲	˙	|·				5	

2.《廣韻》的聲韻系統

後魏楊衒之撰《洛陽伽藍記》，書中有一段記載：

> 隴西李元謙能双聲語，嘗經郭文遠宅，問曰：「是誰宅第？」婢春風曰：「郭冠軍家。」元謙曰：「彼婢雙聲。」春風曰：「儜奴慢罵。」

李元謙和婢女春風兩人的對答，每一句話都是「双聲」。後人覺得這段記述有趣，主要也是他們能運用双聲來說話。《南史・謝莊傳》則載有：

> 王玄謨問謝莊：「何為双聲？何為疊韵？」答曰：「玄護為双聲，璈碻為疊韵。」(卷二十)

謝莊(421—466)的答覆，其實是針對王玄謨(388—468)與桓護兩人出師不利，戰敗於「璈碻」一地，利用人名、地名來解釋双聲和疊韵。

中國人懂得運用双聲和疊韵，其實早在《詩經》時代就已經開始，祇是因爲語音有自然變化的現象，因此古時候的双聲、疊韵，今日的語音讀來就未必如此。如蟋蟀、玄黃、挑達，是《詩經》中的双聲詞，騶虞、棲遲、差池是疊韵詞，今天讀來可能都不是双聲、疊韵。上面所舉的宅第、玄護，現代國語也不見得能唸出双聲。這種現象其實是語音發展所形成。此外某些地區可以是双聲、疊韵的字，換了另一個方言就不見得，如「金銀」北方話是疊韵，閩南、粵語等方言，金讀[-m]、銀讀[-n]，根本不是叠韵；又如「公雞」客家、粵語、閩南、閩北等方言都是双聲，多數北方話及吳語却不是。這種現象，可以用東漢王充（27—91）所說的「古今言殊，四方談異」來解釋，因爲語音變化受時空因素的影響，所以我們在字音分析上不能不稍加留意。

雙聲、叠韵在過去，僅是文學上的應用而已，它們對字音分析，多數可能是無意識的。今天已經有許多方法❶提供我們去認識古代的字音，因此双聲、叠韵已經不能使我們滿足。尤其在探究古音方面，應該有一套系統性的方法和觀念，引導我們去瞭解古音的眞正面貌。除了上一單元介紹的內容之外，本單元將比較詳細的說明《廣韵》的聲韵系統。祇有充分認識《廣韵》的聲類、韵類及聲調，才能有效掌握它們的聲韵系統，然後配合前一單元的觀念與方法，則入門古音應該不是難事。

2-1 《切韵・序》與《切韵》的性質

西元582年，也就是隋文帝開皇二年❷某個冬天的晚上，在長安陸法言的宅第，有陸氏及顏之推等八個父執輩聚在一起飲酒並討論音韵，這是歷史上第一次的「聲韵學討論會」，距離今天已有一千四百多年的歷史。那次討論的結果，年紀最輕的陸法言

❶ 參見前一單元，如韵書、韵圖、方言等，都是較双聲、叠韵進步的材料和方法。

❷ 見友人竺家寧，＜改變學術史的一次聲韵研討會＞，≪國文天地≫35：48—49頁，台北：國文天地，1988、4。

負責把它整理完竣，也就是在音韻學史上極負盛名的<切韻序>。以下根據清初張士俊澤存堂重刊《廣韵》，將書前所附陸氏<切韻序>引錄如下，再做說明。

> 昔開皇初，有儀同劉臻等八人，同詣法言門宿。夜永酒闌，論及音韵。以今聲調，既自有別，諸家取捨，亦復不同。吳楚則時傷輕淺，燕趙則多傷重濁；秦隴則去聲為入，梁益則平聲似去；又支（原注：章移切）、脂（原注：旨夷切）、魚（原注：語居切）虞（原注：遇俱切），共為一韵，先（原注：蘇前切）、仙（原注：相然切）、尤（原注：于求切）、侯（原注：胡溝切），俱論是切。欲廣文路，自可清濁皆通；若賞知音，即須輕重有異。
>
> 呂靜《韵集》、夏侯該《韵略》、陽休之《韵略》、周思言《音韵》、李季節《音譜》、杜臺卿《韵略》等，各有乖互。江東取韵，與河北復殊。因論「南北是非，古今通塞」，欲更捃選精切，除削疏緩，蕭、顏多所決定。魏著作謂法言曰：「向來論難，疑處悉盡，何不隨口記之？我輩數人，定則定矣。」法言即燭下握筆，略記綱紀。
>
> 博問英辯，殆得精華。於是更涉餘學，兼從薄宦，十數年間，不遑修集。今返初服，私訓諸弟子，凡有文藻，即須明聲韵。屏居山野，交游阻絕，疑惑之所，質問無從。亡者則生死路殊，空懷可作之歎；存者則貴賤禮隔，以報絕交之旨。遂取諸家音韵，古今字書，以前所記者，定之為《切韵》五卷。剖析豪釐，分別黍累。何煩泣玉，未得縣金。藏之名山，昔怪馬遷之言大；持以蓋醬，今歎楊雄之

口吃。非是小子專輒，乃述羣賢遺意；寧敢施行人世？直欲不出戶庭。于時歲次辛酉大隋仁壽元年。

以上三段文字，主要在說明：①當時南（吳楚、梁益）、北（燕趙、秦隴）的聲調，各因地區性而有不同。而各字讀音（支脂、魚虞、先仙、尤侯），似乎各地也有差異。②前人的韵書，像呂靜《韵集》等，因各依方音編書，彼此頗有參差。③在九個人討論之後的十餘年，陸法言以個人之力，編纂成《切韵》五卷。從以上三點，我們可以看出《切韵》的性質，絕對是不同於以方音編成的前人韵書，而是序文所說「南北是非，古今通塞」的劃時代韵書。因爲編成如此性質的韵書，才能滿足方音差異的各地人需要。以前詩文押韵參考用的韵書，祇適合同方言區的人應用，換了地區就如顏之推所說「各有土風，遞相非笑」的麻煩。因此《切韵》的完成，至少解決了一些問題，各方言區的人至少有一部可以共同遵循的韵書，此外這部韵書也影響後世韵書的編輯體例❸，《切韵》在韵書史上的重要性，應該是被肯定的。

歷來對《切韵》所代表的音韵系統，古今學者有許多不同的意見，綜合各家的意見，大致可以分爲：①它是古今南北語音的綜合，江永、章炳麟等都有此主張；②它是洛陽或長安一地一時之音，高本漢、陳寅恪、周法高等人所主張❹。當然這些不同的

---

❸ 詳見下一單元「審音和押韵用的韵書」。

❹ 參見陳伯元師，<切韵性質的再檢討>，≪鍥不舍齋論學集≫273—310頁（台北：學生，1984、8）。又洪誠選注，≪中國歷代語言文字學文選≫166—170頁（江蘇：人民，1982、4）。

主張，各有自己一套的解釋與分析，但是《切韵・序》已經明白的說：「因論南北是非，古今通塞，欲更捃選精切，除削疏緩，蕭、顏多所決定。」如果《切韵》是紀錄一時一地之音，根本不須「論南北是非，古今通塞」，更不須由蕭該與顏之推多所決定，只須將當時實際語音系統據實記錄就可以。既然不是如此，可見絕非單一的一地一時之音，應該是很明顯的事實。倒底《切韵》的性質應該如何定位，陳伯元師的說法最持平：「傳統的說法『兼包古今方國之音』仍是不可非議的。不過應該把古今方國之音的『音』字，把它當作『書音』看待，而不應包含各方言的『話音』。」❺如此來解釋分析《切韵》，才能合情合理。

《切韵》原書已不可見，持敦煌所發現的《切韵》殘卷，比較宋人所修的《廣韵》，它們之間是十分神似❻。因此在介紹《廣韵》音韵系統之前，先認識《切韵》的性質，其實就能明瞭《廣韵》究竟是怎樣一本書了。

2-2　反切與聲韵系統

反切是佛教傳入中國以後，接受梵文拼音方式影響的一種標音法。它比双聲、疊韵對字音的分析更精確，也較譬況、讀若、直音等的傳統標音方式進步而科學。因此從漢末以來，至少用了

---

❺ 以上說法參見陳伯元師＜切韵性質的再檢討＞一文。

❻ 同❸。

一千五百年以上，最後才被「注音字母」所取代，可見它的影響是不能輕忽。

簡單的說，反切是用兩字拼讀被切字的簡易拼音法，在兩字急讀成音時，上字僅取其聲，下字則取其韵及調。因此我們要探究中古的音韵面貌，選擇代表當時韵書的反切，然後加以分析解釋，則中古的音韵系統不難知曉。如天、地、陰、陽四字，《廣韵》的反切分別是：

天，他前切（一先韵）

地，徒四切（六至韵）

陰，於今切（二十一侵韵）

陽，與章切（十陽韵）

反切上字取其聲而不要它的收音及聲調，則他、徒、於、與四字，分別是〔 t'- 〕、〔 d'- 〕、〔 ʔ- 〕、〔 ɒ̸- 〕❼；反切下字僅取韵母及聲調，前頭的聲母可以省略，因此前、四、今、章四字，分別是〔 -iɛn 〕、〔 -jei 〕、〔 -jem 〕、〔 -jɑŋ 〕。把上下字相拼合，就可以得到它們的讀音：天〔 ꜀t'iɛn 〕、〔 *d*'jeiᵓ〕、〔 ꜀ʔjem 〕、〔 ꜀ɒ̸jɑŋ 〕。 反切就是如此簡單的拼音方法，與國語注音符號取聲母與韵母相拼的道理完全相同。其實應該說，國語注音符號的拼音方式是模仿反切而來的。

---

❼ 這裏是中古擬音，不是現代國語的讀法。依據董同龢《漢語音韵學》的擬音（參見本單元 2-3 部份），下同。

反切上下字系聯條例

古人沒有音標，也不懂以擬音方式來分析字音，但不影響對韵書音韵系統的探索。清朝廣東番禺人陳澧（字蘭甫 1810—1882），寫了一本書《切韵考》，就是利用「反切」上下字的系統來歸納《廣韵》的音系。他歸納研究上字與下字的條例各有三點，後人以其應用程度的差異，分別稱爲「基本條例」、「分析條例」、「補充條例」。陳氏根據上述三條例，把零散出現於《廣韵》的反切上字452個，歸納爲四十聲類；也把一千多字的反切下字系聯爲311韵類。這在音韵學史上可以算是第一人。

陳蘭甫在系聯條例說明之前，先介紹反切切音的基本原理及規則，明白了然後才能進入他的系聯理論，他說：

> 切語之法，以二字為一字之音。上字與所切之字双聲，下字與所切之字叠韵。上字定其清濁，下字定其平上去入。上字定清濁，而不論平上去入，如「東，德紅切」、「同，徒紅切」，東、德皆清，同、徒皆濁也；然同、徒皆平可也，東平、德入亦可也。下字定平上去入，而不論清濁，如「東，德紅切」、「同，徒紅切」、「中，陟弓切」、「蟲，直弓切」，東紅、同紅、中弓、蟲弓皆平也；然同紅皆濁，中弓皆清可也，東清、紅濁、蟲濁、弓清亦可也。(《切韵考》卷一，葉二)

既然反切上下字是急讀取音的拼音法，因此把上字或下字視做一種音類的「符號」就可以，不必要求把它當做一個完整的「字」來看待。「東」，德紅切」、「蟲，直弓切」，反切上字德、直，僅代表〔 t- 〕、〔 d'- 〕兩個符號，反切下字紅、弓，也不過是〔 -uŋ 〕、〔 -juŋ 〕兩個音類而已。如果把德、紅、直、弓視做四個完整的漢字，它們就有四個獨立的讀音，那麼在二字急讀的拼音時，必定遭到困難，同時每個字都有贅疣處於其中，絕對無法簡易拼出所要的讀音。

反切上字的「基本條例」說：

> 切語上字與所切之字為双聲，則切語上字同用者、互用者、遞用者聲必同類也。同用者如「冬，都宗切」、「當，都郎切」，同用都字也。互用者如「當，都郎切」、「都，當孤切」，都、當二字互用也。遞用者如「冬，都宗切」、「都，當孤切」，冬字用都字，都字用當字也。今據此系聯之為切語上字四十類。（《切韵考》卷一，葉二至三）

同時反切下字的「基本條例」，觀念是相同的：

> 切語下字與所切之字為叠韵，則切語下字同用者、互用者、遞用者韵必同類也。同用者如「東，德紅切」、「公，古紅切」，同用紅字也。互用者如「公，古紅切」、「紅，戶公切」，紅、公二字互用也。遞用者如「東，德紅切」、「紅，戶公切」，東字用紅字，紅字用公字也。今據此系聯之為每韵一類、二類、三類、四類。（《切韵考》卷一，葉三）

我們把上例各組反切，用英文字母代替，變成：

①A＝B＋C（冬，都宗）

②D＝B＋E（當，都郎）

③B＝D＋F（都，當孤）

④G＝H＋I（東，德紅）

⑤J＝K＋I（公，古紅）

⑥I＝L＋J（紅，戶公）

①②有B相同，④⑤有I相同，分別稱做上下字「同用」；②③的B D與⑤⑥的I J，各自互用，是上下字的「互用」；①A用B，B在③用D，D在②又用B，可見A B D有「遞用」的關係，下字的例子亦復如此，④G用I，I在⑥用J，J在⑤用I，則顯然G I J亦是「遞用」的關係。由以上同用、互用、遞用的系聯關係，可以證明A D B的聲類相同，G J I的韵類也是相同。

利用上述系聯的「基本條例」，可以把一千多的反切上下字，依照聯屬的關係歸納成不同的聲類與韵類。但有時會有某些原因造成不能系聯，如反切用字紛亂，勢必造成不能系聯，下面是一組例子：

⑦東，德紅切

⑧同，徒紅切

⑨公，古紅切

⑩紅，戶公切

⑦⑧⑨下字同用，⑨⑩下字又是互用，所以東、同、公、紅可以系聯爲同韵類。如果把⑦⑧各反切改成「東，德同切」、「同，徒東切」，那麼⑦⑧互用，⑨⑩也互用，原來同類的字變成了兩類。究竟這兩類是眞的不能系聯？抑或有其他因素造成不系聯？陳澧的「分析條例」就是解決這種現象的條例，他說：

> 《廣韵》同音之字不分兩切語，此必陸氏舊例也。其兩切語下字同類者，則上字必不同類。如「紅，戶公切」、「

> 烘，呼東切」，公、東韻同類，則戶、呼聲不同類。今分析切語上字不同類者，據此定之也。(《切韻考》卷一，葉三)

上面所論是上字的分析條例，下字的條例是：

> 上字同類者，下字必不同類。如「公，古紅切」、「弓，居戎切」，古、居聲同類，則紅、戎韻不同類。今分析每韻二類、三類、四類者，據此定之也。(同上)

分析條例的基本原則，主要是「下字同類者，上字必不同類」，「上字同類者，下字必不同類」。以此檢視前面所舉的例子：

⑪ I＝L＋J（紅，戶公）

⑫M＝N＋G（烘，呼東）

⑬ J＝K＋I（公，古紅）

⑭ O＝P＋Q（弓，居戎）

⑪與⑫，因爲下字 J 與 G 在前面④⑤已證明同韻類，所以上字 L 與 N 必不同聲類（即戶字屬匣紐、呼屬曉紐）。同理⑬與⑭上字的K、P 同屬見紐字，所以下字 I 與 Q 必不同韻類。如果我們把⑪至⑭改換成⑮至⑱：

⑮ I＝X＋J（紅，戶公）

⑯M＝Y＋J（烘，呼東）

⑰ J＝K＋X（公，古紅）

⑱ O＝K＋Y（弓，居戎）

在「《廣韻》同音之字不分兩切語」的原則下，⑮ I 與⑯M不同音，⑰ J 與⑱ O 也不同音，試問以上的X與 Y 能同音嗎？這就是「分析條例」應用的原理。經此分析，即可辨識是同類抑或不同類，上字如此，下字亦復如此。

最後談到「補充條例」。上字的條例說：

> 切語上字既系聯為同類矣，然有實同類而不能系聯者，以其切語上字兩兩互用故也。如多、得、都、當四字聲本同類，「多，得何切」、「得，多則切」、「都，當孤切」、「當，都郎切」，多與得、都與當兩兩互用，遂不能四字系聯矣。今考《廣韻》一字兩音者互注切語，其同一音之兩切語，上二字聲必同類。如一東「涷，德紅切」，又「都貢切」，一送「涷，多貢切」，都貢、多貢同一音，則都、多二字實同一類也。今於切語上字不系聯，而實同類者，據此以定之。（≪切韻考≫卷一，葉三至四）

經過「基本條例」的系聯，凡上字同類者都已合併，再經「分析條例」證明，確實是屬於同類。因此補充條件一開始就說「既系聯爲同類矣」，並無邏輯上的不妥（下字同）。補充條例所應用的方法，是利用韻書互注切語而有不同聲調的理論做基礎：

⑲平聲——東韵，「涷，德紅切」（甲）

又「涷，都貢切」（乙）

⑳去聲——送韵，「涷，多貢切」（丙）

⑲的甲音是本切，乙音則是去聲又切，乙音當然相等於⑳的丙音本切，則「都貢切」就是「多貢切」，這麼一來「都」與「多」自然聲類相同（即端紐）。

下字的補充條例說：

> 切語下字既系聯為同類矣，然亦有實同類而不能系聯者，以其切語下字兩兩互用故也。如朱、俱、無、夫四字韵本同類，「朱，章俱切」、「俱，舉朱切」、「無，武夫切

」、「夫，甫無切」，朱與俱、無與夫兩兩互用，遂不能四字系聯矣。今考平上去入四韵相承者，其每韵分類亦多相承，切語下字既不系聯，而相承之韵又分類，乃據以定其分類，否則雖不系聯，實同類耳。（≪切韵考≫卷一，葉四）

「兩兩互用」是造成不能系聯的原因，上下字都是如此。但是從分析條例來觀察，朱、俱、無、夫又無同類的反切上字，可見此四字必是同韵類無疑，可惜缺乏眞接的證據。陳氏解決的辦法，是利用《廣韵》四聲相承的理論，認爲旣然平上去入相承的關係密切，則每一韵之中的分類也應該相承。朱、俱、無、夫屬平聲虞韵，相承的上、去聲是麌、遇韵。上聲麌韵也有「羽（雨），王矩切」、「矩，俱雨切」、「主，之庾切」、「庾，以主切」兩兩互用而不系聯，去聲遇韵則可系聯爲一類，根據相承的理論，平、上聲虞、麌亦可合併爲一類。試觀察下面㉑與㉒各字都有相承關係：

㉑虞韵　　跗（夫），甫無　　拘（俱），舉朱
　　　　　朱，章俱。
㉒麌韵　　甫（府），方矩　　矩，俱雨
　　　　　主，之庾。

㉒「府，方矩切」，則府，矩韵同類，府之平聲爲跗（夫），矩之平聲爲拘（俱），則亦可證俱、夫同韵類；又㉑「朱，章俱切」，朱、俱韵同類，朱相承上聲是主，俱的上聲是矩，也可證明

麌韵主與矩韵同類❽。

以上陳澧反切上下字系聯條例，雖然不是盡善盡美，而且有待商榷之處仍多❾，但是以客觀方法，系聯《廣韵》的聲韵類，當是音韵學史上的第一人。陳氏書名《切韵考》，其實所用材料主要是《廣韵》，因此改做「《廣韵》聲類韵類考」，可能較爲適當❿。此後聲類有 41 、 47 、 51 ，韵類有 290 、 294 、 324 、 339 等的不同，其實都是承襲陳澧系聯法而加修正的。

字母與聲類

陳澧《切韵考》將《廣韵》452 個反切上字系聯爲四十聲類，但在此之前也有稱做「字母」的「三十字母」與「三十六字母」。三十六字母的作者，明朝呂維祺（字介孺 1578 — 1641 ）的《同文鐸》說是唐末和尚守溫所創，不過近人羅常培（字莘田 1899 — 1958 ）撰<敦煌寫本守溫韵學殘卷跋>（《史語所集刊》3 本 2 分， 1934 。），則考訂守溫是創三十字母者，至於三

❽ 見陳伯元師著≪音略證補≫239 頁，台北：文史哲，1981 、 9 。

❾ 周祖謨撰<陳澧≪切韵考≫辨誤>說：「前輩之書終不可厚非，蓋創始之功難，補苴之事易也。彼能發明義例，闢啓閫奥，固非淺學寡見者可比。第考古之功多，審音之功尠，故瑜不掩瑕耳。」（≪問學集≫下冊， 575 頁，台北：知仁景本， 1976 、 12 ）。

❿ 見洪誠選注≪中國歷代語言文字學文選≫246 頁，江蘇：人民出版社，1982 、 4 。

十六字母則是宋代胡僧了義所增⑪。

三十字母與三十六字母的用字，陳澧四十聲類全部承用，此後又有黃侃（字季剛 1886 — 1935 ）四十一聲類也是沿襲字母舊名，以下先列它們的比較再做說明。

30字母	36字母	40聲類	41聲類
	幫	幫	幫
	滂	滂	滂
並	並	並	並
明	明	明微	明
不	非	非	非
芳	敷	敷	敷
	奉	奉	奉
	微		微
精	精	精	精
清	清	清	清
從	從	從	從
心	心	心	心
邪	邪	邪	邪
端	端	端	端

⑪ 有關三十、三十六字母作者等問題的討論，除羅文外，又見先師林景伊教授撰《中國聲韻學通論》56 — 57 頁，台北：黎明，1982、9。

透	透	透	透
定	定	定	定
泥	泥	泥	泥
來	來	來	來
		照二	莊
		穿二	初
		牀二	牀
		審二	疏
照	照	照三	照
穿	穿	穿三	穿
	牀	牀三	神
審	審	審三	審
禪	禪	禪三	禪
日	日	日	日
知	知	知	知
徹	徹	徹	徹
澄	澄	澄	澄
	娘	娘	娘
見	見	見	見
溪	溪	溪	溪
群	群	群	群
疑	疑	疑	疑
曉	曉	曉	曉
匣	匣	匣	匣

影	影	影	影
喻	喻	喻四	喻
		喻三	爲

三十字母比三十六字母少了「幫、滂、奉、微、娘、牀」六母，這是明人呂介孺的《同文鐸》所說，此中三十字母的「不」字，《廣韵》尤韵做「甫鳩切」屬非母，又「芳」字屬敷母。可是友人竺家寧教授，認爲「不芳並明」就是「幫滂並明」，因爲中古早期，輕脣音尚未形成，三十字母不可能有「非敷」輕脣音⑫，此說很有道理。四十聲類所以比四十一聲類少一類，是陳澧根據自己的方言番禺話，將輕脣的微紐歸入重脣的明紐成爲「明微」。此外「照二」、「照三」……「喻三」、「喻四」，是指該類在韵圖位置的二等、三等、四等來區分聲類不同，黃氏的四十一聲類，對那些等第的不同，都已有專名去區別。

如果我們專就三十六字母與四十一聲類做比較，可從兩方面來看問題。第一，它們有數目的差異，也就是三十六字母少了「莊、初、神、疏、爲」五個聲母。第二，它們有性質的不同，三十六字母命名爲「字母」，代表一時一地的讀音；而四十一聲類純就《廣韵》系聯而得，其中可能因方言有別，數目也隨著增減。不過它是根據反切系聯而得，是一個客觀的分析結果，與三十六字母代表唐末某一地的三十六種讀法，是有不同的意義。

以下爲了方便說明《廣韵》聲類系統的內容，僅舉四十一聲

---

⑫ 見竺家寧，《古音之旅》103頁（台北：國文天地，1987、10）。

類做討論，其餘三十字母、三十六字母，以及後人分析而得的四十七類、五十一類等，因不全是《廣韻》的聲類系統，祇得從略。至於陳澧所考四十聲類，與黃氏的四十一類幾乎相同，所以不必重複。

四十一聲類的發音部位與發音方法

由反切上字歸納而得的聲類，雖然用幫、滂、並、明……命名，其實祇是代表發音的符號而已，不必把它視做完整的漢字來看待。古人所謂的「五音」——喉、牙、舌、齒、脣，就是指聲母發音部位；今人所謂的發音方法，包括①清濁、②送不送氣（發送收）、③受阻狀態，前二者古人已有之，塞音、擦音等的受阻狀態，則是近代西洋傳來的觀念。後人把發音部位與發音方法，用來分析四十一聲類，對那些代表發音符號的內容，當然更加清楚明白。

以下先列四十一聲類與發音部位、發音方法的比較，然後再做說明：

	發音部位		發音方法		
	舊稱	語音學新名	清濁	發送收	受阻狀態
①幫	重脣	双脣	全清	發	塞
②滂	重脣	双脣	次清	送	塞
③並	重脣	双脣	全濁	送	塞
④明	重脣	双脣	次濁	收	鼻
⑤非	輕脣	脣齒	全清	發	擦（塞擦）

⑥敷	輕脣	脣齒	次清	送	擦（塞擦）
⑦奉	輕脣	脣齒	全濁	送	擦（塞擦）
⑧微	輕脣	脣齒	次濁	收	鼻
⑨精	齒頭	舌尖前	全清	發	塞擦
⑩清	齒頭	舌尖前	次清	送	塞擦
⑪從	齒頭	舌尖前	全濁	送	塞擦
⑫心	齒頭	舌尖前	次清	送	擦
⑬邪	齒頭	舌尖前	全濁	送	擦
⑭端	舌頭	舌尖中	全清	發	塞
⑮透	舌頭	舌尖中	次清	送	塞
⑯定	舌頭	舌尖中	全濁	送	塞
⑰泥	舌頭	舌尖中	次濁	收	鼻
⑱來	半舌	舌尖中	次濁	收	邊
⑲莊	正齒（近齒）	舌尖面	全清	發	塞擦
⑳初	正齒（近齒）	舌尖面	次清	送	塞擦
㉑牀	正齒（近齒）	舌尖面	全濁	送	塞擦
㉒疏	正齒（近齒）	舌尖面	次清	送	擦
㉓照	正齒（近舌）	舌面前	全清	發	塞擦
㉔穿	正齒（近舌）	舌面前	次清	送	塞擦
㉕神	正齒（近舌）	舌面前	全濁	送	塞擦
㉖審	正齒（近舌）	舌面前	次清	送	擦
㉗禪	正齒（近舌）	舌面前	全濁	送	擦
㉘日	半齒	舌面前	次濁	收	鼻（鼻擦）
㉙知	舌上	舌面前	全清	發	塞

㉚徹	舌上	舌面前	次清	送	塞
㉛澄	舌上	舌面前	全濁	送	塞
㉜娘	舌上	舌面前	次濁	收	鼻
㉝見	牙	舌根	全清	發	塞
㉞溪	牙	舌根	次清	送	塞
㉟群	牙	舌根	全濁	送	塞
㊱疑	牙	舌根	次濁	收	鼻
㊲曉	喉	舌根	次清	送	擦
㊳匣	喉	舌根	全濁	送	擦
㊴影	喉	喉	全清	發	塞
㊵喻	喉	（零聲母）	次濁	發	
㊶爲	喉	（半元音）	次濁	發	

以上分析及歸類，主要根據下列三書：甲、羅常培，《漢語音韻學導論》13—35頁（香港：太平書局，1970、3）；乙、董同龢，《漢語音韻學》139—155頁（台北：學生書局，1972、7）；丙、陳伯元師，《音略證補》21—45頁（台北：文史哲出版社，1981、9）。

有關發音部位舊稱與新名，此處可以省略不談。對清濁的定義，羅常培以語音學術語解釋如下⑬：

> 全清（unaspirated surd），即不送氣不帶音之塞聲、擦聲及塞擦聲。

⑬ 見《漢語音韻學導論》25—26頁。

次清（aspirated surd），卽送氣不帶音之塞聲、塞擦聲及不帶音之擦聲。

全濁（sonant），卽送氣帶音之塞聲、塞擦聲及帶音之擦聲。

次濁（liquid），卽帶音之鼻聲、邊聲及半元音等。

此種以科學歸納方式所得的定義，極爲清楚而可信，可以避免許多抽象觀念的混淆。

其次所謂「發送收」，是清人江永（字愼修，1681—1762）、江有誥（字晉三，？—1851）、陳澧等人的分類，其實發與收是現代所謂的「不送氣」，送即是「送氣」，明清的等韵學者爲了區別清楚，把字母與聲類都賦予一個分類名稱。至於發送收的定義，羅常培也以語音學術語歸納如下⓮：

發，卽不送氣塞聲與塞擦聲。

送，卽送氣塞聲與塞擦聲，以及擦聲。

收，卽邊聲及鼻聲。

前面所列對照表，精系的⑫心紐⑬邪紐、莊系的㉒疏紐及照系的㉖審紐㉗禪紐，它們都是「擦聲」，所以應該歸入「送」，同理⑤非紐如果是擦聲，也應該屬於送氣。

「受阻狀態」是西方語音學發展的觀念，借來分析中國傳統音韵學的聲類，會使玄虛的問題愈發清楚，讓傳統音韵學神秘的色彩減到最低，因此前輩學者都樂於引進做分析，而且並未發現

⓮ 見《漢語音韵學導論》32—34頁。

有格格不入的現象。其中非系⑤非紐⑥敷紐⑦奉紐及㉘日紐，因各家觀點不一，所以有不同的論見；㊵紐喻及㊶為紐，一個是零聲母一個是半元音，祇好留白。其餘塞聲（ stop orexplosive ）、擦聲（ fricative ）、塞擦聲（ affricate ）、鼻聲（ nasal ）、邊聲（ lateral ），與發音部位新名一樣，各書討論得很詳細，此處從略。

二百零六韻的等呼、陰陽入及韻攝

《廣韻》是依照韻部安排的韻書，疊韻字放在同韻部，要分析各字各韻的韻母關係，都較探討聲類的內容簡易許多。《廣韻》反切下字有一千餘，把它們依照開合洪細的區別來歸納，有 290 、 294 、 311 等各家不同的韻類，這種分歧是各家對材料解釋及對問題看法差異所致，不足為奇。如今我們若要把《廣韻》的韻母系統徹底弄清楚，有必要把《廣韻》206 韻，以及它與等呼、陰陽入、韻攝等的關係先分析清楚，這是先決條件，不能不釐清。以下先列《廣韻》四聲相承的關係：

①東董送屋　②冬　宋沃　③鍾腫用燭
④江講絳覺　⑤支紙寘　⑥脂旨至
⑦之止志　⑧微尾未　⑨魚語御
⑩虞麌遇　⑪模姥暮　⑫齊薺霽
⑬　祭　⑭　泰　⑮佳蟹卦
⑯皆駭怪　⑰　夬　⑱灰賄隊
⑲咍海代　⑳　廢　㉑眞軫震質

㉒諄準稕術　㉓臻　櫛　㉔文吻問物
㉕欣隱焮迄　㉖元阮願月　㉗魂混慁沒
㉘痕很恨　㉙寒旱翰曷　㉚桓緩換末
㉛刪潸諫黠　㉜山產襇鎋　㉝先銑霰屑
㉞仙獮線薛　㉟蕭篠嘯　㊱宵小笑
㊲肴巧效　㊳豪晧號　㊴歌哿箇
㊵戈果過　㊶麻馬禡　㊷陽養漾藥
㊸唐蕩宕鐸　㊹庚梗映陌　㊺耕耿諍麥
㊻清靜勁昔　㊼青迥徑錫　㊽蒸拯證職
㊾登等嶝德　㊿尤有宥　(51)侯厚候
(52)幽黝幼　(53)侵寑沁緝　(54)覃感勘合
(55)談敢闞盍　(56)鹽琰豔葉　(57)添忝㮇帖
(58)咸豏陷洽　(59)銜檻鑑狎　(60)嚴儼釅業⑮
(61)凡范梵乏

各組以平、上、去、入四聲相承的關係排列，除㉘外凡是缺入聲的都是陰聲字。②無上聲，㉓無上去聲，⑬⑭⑰⑳則無相承的平上聲。以上 61 組包括了206韻，各韻之內的收字都有叠韻關係，而每組中二韻、三韻或四韻的不同，祇是聲調有別，收音則是相同（平上去）或相近（入），此點留待以下再詳細說明。

按照前一單元（1-4）談到韻母的分析，應該有韻頭、韻腹、韻尾的區別。韻頭就是介音，《廣韻》的介音有四種，即〔

---

⑮ (58)(59)(60)澤存堂本≪廣韻≫上聲順序是「儼豏檻」，去聲是「釅陷鑑」，今從戴震≪聲韻考≫卷二考定的次序如上。

-ø- 〕、〔 -i- 〕（或〔 -j- 〕）、〔 -u- 〕（或〔 -w- 〕）、〔 -iu-〕（或〔 -ju- 〕等），它們關係如下：

-i-	-u-	呼　別
－	－	開口（洪音）
＋	－	開口（細音）
－	＋	合口（洪音）
＋	＋	合口（細音）

「＋」代表有，「－」代表無。介音〔 -u- 〕的有無可以區別開口與合口，介音〔 -i- 〕的有無，也可以判斷洪音與細音。而所謂洪細，是必須靠等韵圖來決定的，前一單元（ 1-2 ）所舉的《韵鏡》，不論開口、合口或獨圖，凡是在一、二等韵的字屬洪音，三、四等韵的屬細音。由《廣韵》一千多個反切下字歸納的韵類，本身是無法分別等與呼，除了借助於方言外，最重要的恐怕就是等韵圖。

上面所列的 61 組 206 韵，陳澧所以能把它分析成 311 韵類，主要就是以「等呼」做分類標準。每個韵之中最多能分到四類，也就是開洪、開細、合洪、合細四種，最少當然是一類。比如①組的「東送屋」，可以分合洪、合細各兩類，上聲的董則僅有合洪一類；②③④三組依序分合洪、合細、開洪各一類。能分到三類的如㊵的戈韵，以及㊶組的麻馬禡三韵，眞正能區分四類的祇見於㊹組的庚梗映三韵而已。有關各韵分類的情形，將在後面

「反切下字與韵類」（ 2-4 ）記載，請仔細參考。

由以上分析，我們可以知道等與呼是兩個不同的概念，陳伯元師說：「夫音之洪細謂之等，脣之開合謂之呼。」（《音略證補》 67 頁）兩者結合就是「等呼」，在韵類的分析上，它是有舉足輕重的地位。後人用零介音〔 -ø- 〕表示開口洪音；有介音或主要元音〔 i 〕（〔 j 〕）的爲開口細音；有介音或主要元音〔 u 〕（〔 w 〕）的爲合口洪音；有介音或主要元音〔 iu 〕（（〔 ju 〕 ）的爲合口細音。如此一來，對等呼的觀念將更容易明瞭。

所謂「陰陽入」，是指韵尾部份而言。簡單的說，韵尾是〔 -ø ）尾或元音〔 -i 〕、〔 -u 〕尾的，就是陰聲字；收鼻音〔 -m 〕、〔 -n 〕、〔 -ŋ 〕尾的，則是陽聲字；收清塞音尾〔 -P 〕、〔 -t 〕、〔 -k 〕的是入聲字。《 廣韵 》四聲相承的關係，祇有陽聲才有入聲相配，主要是它們之間的韵尾有相近處：

〔 -m 〕——〔 -p 〕

〔 -n 〕——〔 -t 〕

〔 -ŋ 〕——〔 -k 〕

〔 -m 〕是双脣鼻聲，〔 -p 〕是同部位的塞聲；〔 -n 〕是舌尖中的鼻聲，〔 -t 〕是同部位的塞聲；〔 -ŋ 〕是舌根鼻聲，〔 -k 〕是同部位塞聲。因爲發音部位相同，雖然一個是鼻聲一個是塞聲，終究是在韵尾收音部份，所以聽起來好像很接近，因此《 廣韵 》得以將入聲字配陽聲字，就是這個道理。

《 廣韵 》排列陰陽入極有規則，這應該是有意的。除了㉘組痕很恨是收〔 -n 〕尾陽聲，它相承的入聲字少，改入㉗組的沒韵外⓰，其餘陽聲字所配入聲，一定是上列的分配現象，絕無例外。今說明如下（相承的平上去，收尾一定相同，以下僅列一個韵尾不再重複）：

〔 -ŋ 〕——〔 -k 〕

①②③④，㊷㊸㊹㊺㊻㊼㊽㊾，合計十二組。

〔 -n 〕——〔 -t 〕

㉑㉒㉓㉔㉕㉖㉗㉘㉙㉚㉛㉜㉝㉞，合計十四組。

〔 -m 〕——〔 -p 〕

㊳㊴㊵㊶㊷㊸㊹㊺㊻

〔 -ɒ 〕

⑤⑥⓱⑦，⑨⑩⑪，㊴㊵㊶，合計九組。

〔 -i 〕

⑧，⑫⑬⑭⑮⑯⑰⑱⑲⑳，合計十組。

〔 -u 〕

㉟㊱㊲㊳，㊿51 52，合計七組。

以上《廣韵》韵目 61 組收尾的情況，我們可以看到它們整齊的排列，這是唐人李舟改訂次序的功勞。

最後談到「韵攝」，羅常培說：「所謂攝者，蓋即聚集尾音

⓰ 先師林景伊教授說：「痕韵之入聲，止有『麧籺齕紇淈（下沒切）』五字，附於魂韵入聲之沒韵中也。」（《中國聲韵學通論》119 頁，台北：黎明，1982、9）。

⓱ ⑤支紙寘、⑥脂旨至兩組收［ -ɒ ］尾，見李榮，《切韵音系》150—151 頁（台北：鼎文影本，1972），以及王力，《漢語史稿》51 頁（台北：泰順影本，1970、10）。

相同，元音相近之各韵爲一類也。意大利人武爾披齊利（ Z. Volpicelli ）作《中國音韵學》（ Chinese Phonology ）譯攝字爲‘ termination ’荷蘭人商克（ S.H. Shaank ）作《古漢語發音學》（ Ancient Chinese Phonetics ）譯攝字爲‘ classifier ’，雖未能盡賅攝字涵義，然較高本漢譯爲‘ group ’者，猶能重視尾音也。」（《漢語音韵學導論》， 51 頁）可見韵攝以韵尾相同爲條件，其次加上元音相近的各韵合爲一類，因此分類較前述「陰陽入」祇分六類更細。

其實在韵母中，韵攝是最大的分類單位，我們看下圖就可以明白：

通	攝		
東，合洪	董，合洪	送，合洪	屋，合洪
東，合細		送，合細	屋，合細
冬，合洪		宋，合洪	沃，合洪
鍾，合細	腫，合細	用，合細	燭，合細

上面是「通」攝的例子，除收陽聲「東董送、冬宋、鍾腫用」（〔 -ŋ 〕）八韵外，也收入聲「屋、沃、燭」（〔 -k 〕）三個韵，〔 -ŋ 〕與〔 -k 〕可以算是廣義的韵尾相同，前面已經說明過。又這十一個韵的主要元音是〔 u 〕及〔 o 〕，可以說是相近，因此合爲一個韵攝。取名「通」攝，是在十一個韵中找一個字來命名，並無其他意義。其次各韵中，又可因介音的不同再分韵類

，像東韵就分出「合口洪音」(〔 -u- 〕)「合口細音」(〔 -ju- 〕)兩類，總計通攝可以分到十四個韵類。由此可見「韵攝」是韵母中最大的語音單位，其次是「韵目」，最小則是「韵類」。

最早以韵攝命名的書，是宋代的等韵圖《四聲等子》，以及元代劉鑑《經史正音切韵指南》(1336)，兩書都以「通、江、止、遇、蟹、臻、山、效、果、假、宕、梗、曾、流、深、咸」十六攝命名。《廣韵》206韵61組的字，依序可以歸入十六攝中，如此各韵相同或相異的關係，由十六攝又可以得到一個比較的標準。下面就是206韵61組分屬十六韵攝的情況：

通攝：①②③

江攝：④

止攝：⑤⑥⑦⑧ ⓲

遇攝：⑨⑩⑪

蟹攝：⑫⑬⑭⑮⑯⑰⑱⑲⑳

臻攝：㉑㉒㉓㉔㉕㉗㉘

山攝：㉖㉙㉚㉛㉜㉝㉞

效攝：㉟㊱ ㊲㊳

果攝：㊴㊵

假攝：㊶

宕攝：㊷㊸

⓲ ⑧組微尾未，各家擬音都認爲有〔 -i 〕尾，若⑤⑥⑦屬無尾，則「止攝」的韵尾並不相同。

梗攝：㊹㊺㊻㊼

曾攝：㊽㊾

流攝：㊿51 52

深攝：53

咸攝：54 55 56 57 58 59 60 61

以上「通、假、曾、流、深」五個字不是206韻的韻目，其餘十一攝都是韻目兼韻攝名，其中平上去的韻目都有，就是不以入聲韻目命名。因此我們對入聲韻要特別留意，它所屬的韻攝，是與相承的陽聲韻攝相同。陰聲韻因爲無入聲相配，自然無此問題。

任何一字的韻類分析，首先要找到它屬於《廣韻》什麼聲調？什麼韻目？什麼反切？然後利用反切下字來分析它的等呼、韻尾及韻攝的類別，如果能更進一步擬出該字的讀音，那麼我們將更具體更清楚的看到它的韻類性質。對於上面所述，有關等呼、陰陽入、韻攝等的觀念，將會因對韻類具體的認識與掌握，而有更深入的瞭解。至於聲調有平上去入的不同，前面已簡單提過，何況《廣韻》全書已將每一字隸屬於哪個調？都有極明確的標示，不必像聲母與韻母，需要經過研究才能得到聲類與韻類的情況，因此聲調可以不必再做說明。綜合聲韻調三者的觀念，如果我們沒有《廣韻》的反切做根據？想要對中古音倒底是什麼做一認識，那簡直是緣木求魚萬萬辦不到的。

2-3　《廣韵》反切上字與聲類

以下將《廣韵》反切上字歸屬為四十一聲類⑲，按照脣、齒、舌、牙、喉的順序排列。每類之後舉董同龢《漢語音韵學》擬音做參考，括弧之內的擬音採自王力《漢語史稿》，提供對照比較，凡董、王兩家相同，則省略王氏擬音。

(1)　重脣(雙脣)

①**幫**　　P-

邊布補伯百北博巴卑并鄙必彼兵筆陂畀晡

②**滂**　　P′-

滂普匹譬披丕

③**並**　　b′-

蒲步裴薄白傍部平皮便毗弼婢被捕比

④**明**　　m-

---

⑲ 引自先師林景伊教授，《中國聲韵學通論》239－242頁（台北：黎明，1982、9），惟內容稍做修正。

莫慕模謨摸母明彌眉綿靡美矛

(2) 輕脣(脣齒)

⑤非　P-

方封分甫府反

⑥敷　P'-

敷孚妃撫芳峯拂

⑦奉　b'-

房防縛附符苻扶馮浮父

⑧微　m-

巫無亡武文望

(3) 齒頭(舌尖前)

⑨精　ts-

將子資即則借茲醉姊遵祖臧作銼

⑩清　ts'-

倉蒼親遷取七青采醋麤千麁此雌

⑪從　dz'-

才徂在前藏昨酢疾秦匠慈自情漸

⑫心　s-

蘇素速桑相悉思司斯私雖辛息須胥先寫

⑬邪　z-

徐祥詳辭辞辝似旬寺夕隨

(4) 正齒近舌(舌面前)

⑭照　tɕ-

之止章征諸煮蕘支職正旨占脂

⑮穿　tɕ'-

昌尺赤充處叱春姝

⑯神　dʑ'-

神乘食實

⑰審　ɕ-

書舒傷商施失矢試式識賞詩釋始

⑱禪　ʑ-

時殊嘗常蜀市植殖寔署臣是氏視成承

⑲日　ȵ-（nʑ）

如汝儒人而仍兒耳

(5) 正齒近齒(舌尖面)

⑳莊　tʃ-

莊爭阻鄒簪側仄

㉑初　tʃ'-

初楚創瘡測叉廁芻

㉒牀　dʒ'-

牀鋤鉏豺犲崱士仕崇查雛鶵俟助

㉓疏　ʃ-

疏疎踈蔬山沙砂生色數所史

(6) 舌頭(舌尖中)

㉔**端**　t-

多德得丁都當冬

㉕**透**　t‘-

他託土吐通天台湯

㉖**定**　d‘-

徒同特度杜唐堂田陀地

㉗**泥**　n-

奴乃諾內嬭妳那

㉘**來**　l-

來盧賴洛落勒力林呂良離里郎魯練縷連

(7)　舌上(舌面前)

㉙**知**　ȶ-

知張豬猪徵中追陟卓竹珍

㉚**徹**　ȶ‘-

抽癡楮褚丑恥敕

㉛澄　ȡ'-

除場治池持遲遟佇柱丈直宅墜馳

㉜娘　n-

尼拏女穠

(8) 牙(舌根)

㉝見　k-

居九俱舉規吉紀几古公過各格兼姑佳詭乖

㉞溪　k'-

康枯牽空謙口楷客恪苦去丘墟祛詰窺羌欽傾起綺豈區驅曲可乞弃卿

㉟群　g'-

渠強求巨具臼衢其奇曁近狂跪

㊱疑　ŋ-

疑魚牛語宜擬危玉五俄吾研遇虞愚

㊲曉　x-

呼荒虎馨火海呵香朽羲休況許興虛喜花

㊳匣　ɣ-

胡乎侯戶下黃何諧獲懷

(9)　喉(喉、零聲母及半元音)

㊴影　ʔ-（ø-）

於央憶伊衣依憂一乙握謁紆挹烏哀安煙鷖愛委姻

㊵喻　ø-（j-）

余餘予夷以羊弋翼與營移悅

㊶爲　ɣj-（j-）

于羽雨雲云王韋永有遠榮爲洧筠又

2-4　《廣韻》反切下字與韻類

《廣韻》206韻，每韻分類依開合洪細而不等，以下按照十六韻攝順序排列各韻類[20]。仍舉董同龢《漢語音韻學》擬音做參

[20] 據先師林景伊教授，《中國聲韻學通論》242—249頁（台北：黎明，1982、9），惟內容稍做修正。

考，並在括弧內舉王力《漢 語 史 稿》擬音做比較，兩人擬音相同者僅舉其一。又音標斜線的左邊表示平上去陽聲韵，右邊代表入聲韵，陰聲韵則無入聲。反切下字之後附記該類開合洪細及等韵。

(1) 通 攝

①東一　　-uŋ/ -uk

〔東　1〕紅公東　。〔 董 〕動 孔 董 揔 蠓。〔 送　1〕弄送貢凍　。〔 屋　1 〕谷 祿 木 卜。（合洪、1 ）

②東二　　-juŋ/ -juk（ -ĭuŋ/ ĭuk ）

〔東　2 〕弓戎中融宮隆終。〔（ 上 ）〕。〔 送　2 〕衆鳳仲。〔 屋　2 〕六竹匊宿福逐菊。（ 合細、3 ）

③冬　　-uoŋ / -uok

〔 冬 〕 宗冬。〔（ 湩 ）〕湩䴸。〔 宋 〕統宋綜。〔 沃 〕酷沃毒篤。（ 合洪、1 ）

④鍾　　- juoŋ/ - juok （ -ĭwoŋ/ -ĭwok ）

〔 鍾 〕容鍾封凶庸恭。〔 腫 〕 隴踵奉亢勇冢悚拱。〔 用 〕頌用。〔 燭 〕欲玉蜀錄足曲。（ 合細、3 ）

(2) 江 攝

⑤江　　-ɔŋ/-ɔk

〔 江 〕雙江。〔 講 〕 項講傋。〔 絳 〕巷絳降。〔 覺

〕岳角覺。（開洪、2）

(3) 止　攝

⑥支一　　-je ㉑（-ǐe）

〔支　1〕移支知離羈奇宜。〔紙　1〕氏紙爾是此帋豸侈彼靡俾綺弭婢倚。〔寘　1〕義智寄賜跂企。（開細、3）

⑦支二　　-jue（-ǐwe）

〔支　2〕爲垂隨隋危吹規。〔紙　2〕委詭累捶毀髓。

〔寘　2〕睡僞瑞累恚。（合細、3）

⑧脂一　　-jei（-i）

〔脂　1〕夷脂飢私資尼肌悲眉。〔旨 1〕雉姊履几矢視鄙美。〔至　1〕利至寐器二冀四臮自季悸秘媚備。（開細、3）

⑨脂二　　-juei（-wi）

〔脂　2〕追隹遺維綏。〔旨　2〕洧軌癸水誄累。〔至　2〕愧位醉遂類萃。（合細、3）

⑩之　　-i（-ǐə）

〔之　〕而之其茲持甾。〔止　〕市止里理己士史紀擬。

〔志　〕吏置記志。（開細、3）

㉑ 董同龢的擬音，原有〔-je〕與〔-jĕ〕之分，區分的標準是「重紐」三、四等的不同。本文因係以初學爲對象，故省略其擬音的差異。下同。

⑪微一　　-jəi（-ĭəi）

〔微　1〕希依衣。〔尾　1〕豈豨。〔未　1〕既豙。（開細、3）

⑫微二　　-juəi（-ĭwəi）

〔微　2〕非歸微韋。〔尾　2〕匪尾鬼偉。〔未　2〕沸味未胃貴畏。（合細、3）

(4) 遇　攝

⑬魚　　-jo ㉒（-ĭo）

〔魚〕居魚諸余菹。〔語〕巨舉呂與渚許。〔御〕倨御慮去據助恕署預洳。（合細、3）

⑭虞　　-juo（-ĭu）

〔虞〕俱隅于朱俞輸逾誅芻夫無。〔麌〕矩甫雨武羽禹庾主。〔遇〕具遇句戍注。（合細、3）

⑮模　　-uo（-u）

〔模〕胡吳都烏乎吾姑孤。〔姥〕補魯古戶杜。〔暮〕故暮誤路祚。（合洪、1）

(5) 蟹　攝

㉒ 董同龢依據《韻鏡》及《七音略》，將魚韵及相承上去聲訂爲「開口細音」，見《漢語音韵學》，168頁（台北：學生，1972、7）。

⑯齊一　　-iɛi（-iei）

〔**齊**　1〕奚稽兮雞迷低鬢。〔**薺**〕禮啓米弟。〔**霽**　1〕計詣戾。（開細、4）

⑰齊二　　-iuɛi（-iwei）

〔**齊**　2〕攜圭。〔（**上**）〕。〔**霽**　2〕桂惠。（合細、4）

⑱祭一　　-jæi（-ǐɛi）

〔（**平**、**上**）〕。〔**祭**　1〕例祭袂弊制罽憩蔽。（開細、3）

⑲祭二　　-juæi（-ǐwɛi）

〔（**平**、**上**）〕。〔**祭**　2〕銳歲芮衞稅。（合細、3）

⑳泰一　　-ɑi

〔（**平**、**上**）〕。〔**泰**　1〕蓋太帶大艾貝。（開洪、1）

㉑泰二　　-uɑi

〔（**平**、**上**）〕。〔**泰**　2〕外會最。（合洪、1）

㉒佳一　　-æi（-ai）

〔**佳**　1〕膎佳。〔**蟹**　1〕買蟹。〔**卦**　1〕隘懈賣。（開洪、2）

㉓佳二　　-uæi（-wai）

〔**佳**　2〕蛙媧緺。〔**蟹**　2〕夥𦬾。〔**卦**　2〕卦。（合洪、2）

㉔皆一　　-ɐi

〔**皆**　1〕諧皆。〔**駭**〕楷駭。〔**怪**　1〕界拜介戒。（

開洪、2）

㉕皆二　　-uɐi（-wɐi）

〔**皆**　2〕懷乖淮。〔（**上**）〕。〔**怪**　2〕壞怪。（合洪、2）

㉖夬一　　-ai（-æi）

〔（**平**、**上**）〕。〔**夬**　1〕喝犗邁。（開洪、2）

㉗夬二　　-uai（-wæi）

〔（**平**、**上**）〕。〔**夬**　2〕快夬。（合洪、2）

㉘灰　　-uAi（-uɒi）

〔**灰**〕恢回杯灰。〔**賄**〕罪賄猥。〔**隊**〕對內隊繢昧佩妹輩。（合洪、1）

㉙咍　　-Ai（-ɒi）

〔**咍**〕來哀開哉才。〔**海**〕改亥愷宰紿乃在。〔**代**〕耐代溉概愛。（開洪、1）

㉚廢　　-juɐi（-ǐwɐi）

〔（**平**、**上**）〕。〔**廢**〕肺廢穢吠。（合細、3）

(6) 臻攝

㉛眞　　-jen/-jet（-ǐěn/-ǐět）

〔**眞**〕鄰人眞珍賓，巾銀[23]。〔**軫**〕忍軫引盡紖腎。〔

---

[23] 十七眞、十八諄、十九臻及其相承上去入各韻排列紛亂，今調整其反切下字如㉛、㉜兩組。說見陳伯元師，≪音略證補≫，205－206頁（台北：文史哲，1981、9）。

震　〕刃晉振遴印，覿。〔　質　〕日質一七悉吉栗畢必叱，乙筆密。（開細、3）

㉜諄　　-juen/-juet（-ǐuěn/-ǐuět）

〔　諄　〕倫勻迍綸脣旬遵，贇筠。〔　準　〕尹準允殞。〔　稕　〕閏峻順。〔　術　〕聿律卹。（合細、3）

㉝臻　　-en/-et（-ǐen/-ǐet）[24]

〔　臻　〕詵臻。〔（上、去）〕。〔　櫛　〕瑟櫛。（開洪、2）

㉞文　　-juən/-juət（-ǐuən/-ǐuət）

〔　文　〕分云文。〔　吻　〕粉吻。〔　問　〕運問。〔　物　〕弗勿物。（合細、3）

㉟欣　　-jən/-jət（-ǐən/ǐət）

〔　欣　〕斤欣。〔　隱　〕謹隱。〔　焮　〕靳焮。〔　迄　〕訖乞迄。（開細、3）

㊱魂　　-uən/-uət

〔　魂　〕昆渾奔尊魂。〔　混　〕本忖損衮。〔　慁　〕困悶寸。〔　沒　〕勃沒骨忽。（合洪、1〕

㊲痕　　-ən

〔　痕　〕恩痕根。〔　很　〕墾很。〔　恨　〕艮恨。〔（入）〕。（開洪、1）

---

[24] 王力把臻櫛韵擬做開口細音，見《漢語史稿》，52頁（台北：泰順影本，1970、10）。

(7) 山 攝

㊳元一　　-jɐn/-jɐt（-ǐɐn/-ǐɐt）

〔元　1〕軒言。〔阮　1〕𢟰偃。〔願　1〕堰建。〔月　1〕歇竭謁訐。（開細、3）

㊴元二　　-juɐn/-juɐt（-ǐwɐn/-ǐwɐt）

〔元　2〕袁煩元。〔阮　2〕遠阮晚。〔願　2〕怨願販万。〔月　2〕厥月越伐發。（合細、3）

㊵寒　　-ɑn/-ɑt

〔寒〕安寒干。〔旱〕笴旱但。〔翰〕旰旦按案贊。〔曷〕葛割達曷。（開洪、1）

㊶桓　　-uɑn/-uɑt

〔桓〕官丸端潘。〔緩〕管緩滿卵纂伴。〔換〕玩筭貫換段喚半慢亂。〔末〕撥末活栝括。（合洪、1）

㊷刪一　　-an/-at

〔刪　1〕姦顏班。〔潸　1〕板赧。〔諫　1〕晏澗諫鴈。〔鎋　1〕瞎鎋轄㉕。（開洪、2）

㊸刪二　　-uan/uat（-wan/-wat）

〔刪　2〕還關。〔潸　2〕鯇。〔諫　2〕患慣。〔鎋

㉕ ≪廣韻≫系統黠配刪、鎋配山，王力說：「後人從語音系統上推知其為誤配，應改為鎋配刪，黠配山。」（見≪漢語史稿≫，52 頁❷，台北：泰順影本，1970、10）。今從王氏說改配，下同。

2 〕頒刮。（合洪、2 ）

㊹山一　　-æn / -æt

〔**山**　1 〕閒閑山。〔　**產**　〕簡限。〔　**襉**　1 〕莧襉。〔 **黠**　1 〕八拔黠。（開洪、2 ）

㊺山二　　-uæn / -uæt （ -wæn / wæt ）

〔**山**　2 〕頑鰥。〔（ **上** ）〕。〔**襉**　2 〕幻。〔**黠**　2 〕滑。（合洪、2 ）

㊻先一　　-iɛn / -iɛt （ -ien / iet ）

〔**先**　1 〕前先煙賢田年顚堅。〔**銑**　1 〕典殄繭峴。〔**霰** 1 〕佃甸練電麵見。〔**屑**　1 〕結屑蔑。（開細、4 ）

㊼先二　　-iuɛn / -iuɛt （ -iwen / -iwet ）

〔**先**　2 〕玄涓。〔**銑**　2 〕泫畎。〔**霰**　2 〕絢縣。〔**屑** 2 〕決穴。（合細、4 ）

㊽仙一　　-jæn / jæt （ -ǐɛn / ǐɛt ）

〔**仙**　1 〕然仙延連焉乾。〔**獮**　1 〕淺演善展輦蕎蹇緬免辨。〔**線**　1 〕箭賤線面碾膳戰扇。〔**薛**　1 〕列薛熱竭滅別。（開細、3 ）

㊾仙二　　-juæn / -juæt （ -ǐwɛn / -ǐwɛt ）

〔**仙**　2 〕緣泉專宣川全權員攣圓。〔**獮**　2 〕兗轉篆。〔**線**　2 〕變眷倦卷戀彥囀掾絹釧。〔**薛**　2 〕雪悅絕劣爇輟。（合細、3 ）

(8)效　攝

⑸蕭　　-iɛu（ -ieu ）

〔 蕭 〕彫聊堯蕭幺。〔 篠 〕鳥了皛皎皎。〔 嘯 〕弔嘯叫。（開細、4 ）

⑸宵　　-jæu（ -ĭɛu ）

〔 宵 〕邀宵焦消霄遙招昭瀌嬌喬嚻。〔 小 〕兆小夭矯表少沼。〔 笑 〕妙笑肖要少照廟召。（開細、3 ）

⑸肴　　-au

〔 肴 〕茅肴交嘲。〔 巧 〕絞巧飽爪。〔 效 〕教孝皃稍。（開洪：2 ）

⑸豪　　-ɑu

〔 豪 〕刀勞牢遭曹毛袍褒。〔 晧 〕老浩晧早道抱。〔 號 〕到導報秏。（開洪：1 ）

(9) 果　攝

⑸歌　　-ɑ

〔 歌 〕俄何河歌。〔 哿 〕可我。〔 箇 〕賀箇佐个邏。（開洪、1 ）

⑸戈一　　-uɑ

〔 戈　1 〕禾戈波和婆。〔 果 〕火果。〔 過 〕臥過貨唾。（合洪、1 ）

⑸戈二　　-jɑ（ -ĭɑ ）

〔 戈　2 〕迦伽。〔（上 、 去）〕。（開細、3 ）

⑸戈三　　-juɑ（ -ĭuɑ ）

〔 戈　3 〕胆靴䏫。〔（上 、 去）〕。（合細、3 ）

⑽ 假　攝

(58)麻一　-a

〔麻　1〕霞牙加巴。〔馬　1〕下疋雅賈。〔禡　1〕駕訝嫁亞。（開洪、2）

(59)麻二　-ua（-wa）

〔麻　2〕花華瓜。〔馬　2〕瓦寡。〔禡　2〕化吴。（合洪、2）

(60)麻三　-ja（-ĭa）

〔麻　3〕遮車奢邪嗟賒。〔馬　3〕也者野姐冶。〔禡　3〕夜謝。（開細、3）

⑾ 宕　攝

(61)陽一　-jaŋ/-jak（-ĭaŋ/-ĭak）

〔陽　1〕章羊張良陽莊。〔養　1〕兩獎丈掌。〔漾　1〕亮讓樣向。〔藥　1〕灼勺若藥約略爵雀虐。（開細、3）

(62)陽二　-juaŋ/-juak（-ĭwaŋ/-ĭwak）

〔陽　2〕王方。〔養　2〕往昉网。〔漾　2〕放妄訪況。〔藥　2〕縛钁籰。（合細、3）

(63)唐一　-aŋ/-ak

〔唐　1〕郎當岡剛旁。〔蕩　1〕朗黨。〔宕　1〕浪宕

。〔**鐸**　1〕落各。（開洪、1）

(64)唐二　　-uaŋ/-uak

〔**唐**　2〕光黃。〔**蕩**　2〕晃廣。〔**宕**　2〕曠謗。〔**鐸**　2〕穫郭。（合洪、1）

⑿　梗　攝

(65)庚一　　-ɐŋ/-ɐk

〔**庚**　1〕行庚盲。〔**梗**　1〕杏梗猛冷打。〔**映**　1〕孟更。〔**陌**　1〕白格陌伯。（開洪、2）

(66)庚二　　-uɐŋ/-uɐk（-wɐŋ/-wɐk）

〔**庚**　2〕橫。〔**梗**　2〕礦。〔**映**　2〕橫。〔**陌**　2〕擭虢。（合洪、2）

(67)庚三　　jɐŋ/-jɐk（-ǐɐŋ/-ǐɐk）

〔**庚**　3〕驚卿京兵明。〔**梗**　3〕影丙景。〔**映**　3〕敬慶病命。〔**陌**　3〕逆劇戟郤。（開細、3）

(68)庚四　　-juɐŋ(-ǐwɐŋ)

〔**庚**　4〕榮。〔**梗**　4〕憬永。〔**映**　4〕詠▲㉖。〔（入）〕。（合細、3）

(69)耕一　　-æŋ/-æk

㉖　「詠，爲命切」，依照反切下字「命」，應歸開口細音一組。然「詠」字確屬合口細音，此字又無其他同類字，祇得借命字爲切。詠字並非反切下字，爲了區別，在右上角加「▲」以示之，下同。

〔**耕**　1〕莖耕萌。〔**耿**〕幸耿。〔**諍**　1〕迸諍。〔**麥**　1〕麥厄革核責摘戹。(開洪、2)

⑩耕二　-uæŋ/-uæk(-wæŋ/-wæk)

〔**耕**　2〕宏。〔(**上**)〕。〔**諍**　2〕轟▲。〔**麥**　2〕摑獲。(合洪、2)

⑪清一　jɛŋ/-jɛk(-ĭɛŋ/-ĭɛk)

〔**清**　1〕情盈成貞征并。〔**靜**　1〕郢整靜井。〔**勁**　1〕正政盛鄭姓令。〔**昔**　1〕積昔益迹易辟亦隻石炙。(開細、3)

⑫清二　-juɛŋ/-juɛk(-ĭwɛŋ/ĭwɛk)

〔**清**　2〕傾營。〔**靜**　2〕頃潁。〔**勁**　2〕夐▲。〔**昔**　2〕役。(合細、3)

⑬青一　-ieŋ/-iek

〔**青**　1〕經靈丁刑。〔**迥**　1〕挺鼎醒頂涬剄。〔**徑**　1〕定佞徑。〔**錫**　1〕擊歷狄激。(開細、4)

⑭青二　-iueŋ/-iuek(-iweŋ/-iwek)

〔**青**　2〕扃螢。〔**迥**　2〕迥。〔**徑**　2〕鎣▲。〔**錫**　2〕鶪闃狊。(合細、4)

(13)　曾　攝

⑮蒸　-jəŋ/-jək(-ĭəŋ/-ĭək)

〔**蒸**〕仍陵膺冰蒸乘矜兢升。〔**拯**〕庱拯。〔**證**〕應證孕甑餕。〔**職**〕翼職力直即極側逼。(開細、3)

⑯登一　　-əŋ/-ək

〔登　1〕滕登增棱崩恆朋。〔等〕肯等。〔嶝〕鄧亙隥贈。〔德　1〕則德得勒北墨黑。（開洪、1）

⑰登二　　-uəŋ/-uək

〔登　2〕肱弘。〔（上、去）〕。〔德　2〕國或。（合洪、1）

⒁　流　攝

⑱尤　　-ju ㉗（-ĭəu）

〔尤〕求由周秋流鳩州尤謀浮。〔有〕久柳有九酉否婦。〔宥〕救祐副呪又溜就僦富。（開細、3）

⑲侯　　-u（-əu）

〔侯〕鉤侯婁。〔厚〕口厚垢后斗苟。〔候〕遘候豆奏漏。（開洪、1）

⑳幽　　-jəu（-iəu）

〔幽〕虯幽烋彪。〔黝〕糾黝。〔幼〕謬幼。（開細、3）

㉗ 董同龢說尤、侯兩韻中古元音都是［u］。而現代方言流攝字都讀複元音［ou］、［əu］、［eu］、［au］，高麗、日本、安南譯音大致爲單元音［u］；佛經翻譯流攝字也用以對梵文的［u］音。（見≪漢語音韻學≫，178頁，台北：學生，1972、7）。

⒂ 深　攝

㉛侵　　-jem/-jep（-ĭĕm/-ĭĕp）

〔侵〕林尋任心深針淫金吟今簪。〔寑〕稔甚朕荏枕凜飲錦瘁。〔沁〕鴆禁任蔭譖。〔緝〕入執立及急汲戢汁。（開細、3）

⒃ 咸　攝

㉜覃　　-Am/-Ap（-ɒm/-ɒp）

〔覃〕含男南。〔感〕禫感唵。〔勘〕紺暗。〔合〕閤沓合荅。（開洪、1）

㉝談　　-am/-ap

〔談〕甘三酣談。〔敢〕覽敢。〔闞〕濫暫瞰蹔瞰。〔盍〕臘盍榼。（開洪、1）

㉞鹽　　-jæm/-jæp（-ĭɛm/-ĭɛp）

〔鹽〕廉鹽占炎淹。〔琰〕冉斂琰染漸。〔豔〕贍豔驗窆。〔葉〕涉葉攝輒接。（開細、3）

㉟添　　-iɛm/-iɛp（-iem/-iep）

〔添〕兼甜。〔忝〕玷忝簟。〔㮇〕念店。〔怗〕協頰愜牒。（開細、4）

㊱咸　　-ɐm/-ɐp

〔咸〕纔咸。〔豏〕斬減豏。〔陷〕韽陷賺。〔洽〕

〕夾洽図。（開洪、2）

⑰銜　　-am/-ap

〔 銜 〕監銜。〔 檻 〕黤檻。〔 鑑 〕懺鑒鑑。〔 狎 〕甲狎。（開洪、2）

⑱嚴　　-jɐm/-jɐp（-ĭɐm/-ĭɐp）

〔 嚴 〕醶嚴。〔 儼 〕掩广，檢險奄儉㉘。〔 釅 〕欠釅，劍㉙。〔 業 〕怯業劫。（開細、3）

⑲凡　　-juɐm/-juɐp（-ĭwɐm/-ĭwɐp）

〔 凡 〕芝凡。〔 范 〕錽范犯。〔 梵 〕泛梵。〔 乏 〕法乏。（合細、3）

㉘ 上聲儼、琰二韵，歸字互有參差，今從陳伯元師，《音略證補》，215—216頁（台北：文史哲，1981、9）說修正如上。

㉙ 去聲釅、梵二韵，下字亦調整如⑱、⑲兩組，說見陳伯元師，《音略證補》，216頁。

問題與討論

1.《切韵·序》所說的「南北是非，古今通塞」，代表什麼意義？對《切韵》的性質，能解釋什麼現象？

2.反切與中古音的字音分析有什麼關係？

3.陳澧的「反切上下字系聯條例」，理論基礎是什麼？又上下字「補充條件」有什麼缺點？

4.字母與聲類性質上有何不同？

5.《廣韵》41 聲類的清濁及發送收極有規則，能否用「受阻狀態」的分類，歸納出它們的對應關係？

6.請用現代國語與《廣韵》的對應關係，說明 206 韵的等呼、陰陽入及韵攝。

7.反切上字的現代國語聲母讀法，與《廣韵》聲類的擬音，不同的有哪幾組？請歸納出系統並加說明。

8.反切下字的現代國語韵母讀法，與《廣韵》韵類的擬音，哪些相同？哪些不同？相同與不同，能否各別歸納出一個系統（依介音與韵尾兩部份）？

3. 審音和押韵用的韵書

相傳隋煬帝晚年，忌諱有人造反。偏偏當時各路英雄並起，最害怕的事却是常常有。某日，煬帝翻書，讓他嚇出一身冷汗，因爲書裏幾乎每一頁都有「反」字，不是「德紅反」就是「徒紅反」，這頁是「陟弓反」，那頁又是「都宗反」。楊廣當時震怒不已，從此終日悶悶不樂。

到底是什麼書讓隋煬帝如此憂心，其實說穿了不過是一部普通的「韵書」而已。韵書是一種作詩押韵的參考書，把同韵的字類聚在一起，然後逐字注上「反切」。如「東」注「德紅反」、「中」注「陟弓反」等，反就是反切，後代韵書則將反字改用「切」字，其實意義是一樣。

3-1 韵書產生的背景

有人說我國最早的韵書，應該推溯到三國李登的《聲類》以及晉呂靜的《韵集》兩書，可惜這兩本書的面貌無法眞正看到❶。今天能見到最早的古代韵書，應該是光緒 25 年（1899) 在敦煌發現的《切韵》殘卷，原卷現在藏於巴黎國民圖書館及倫敦大英博

---

❶ 淸人輯佚有此類書籍，如任大椿、馬國翰、黃奭、顧震福各輯有≪聲類≫及≪韵集≫，然終非原貌。

物館。這些卷子是隋朝文帝時陸法言等人撰述或唐人王仁煦等改訂本子的抄本。雖然祇是抄本的部份殘卷，但是我們仍然可以從中獲得一些最早韵書的體例及內容。陸法言撰寫《切韵》的年代，大約在西元六世紀末，在此之前他與父執輩蕭該、顏之推、李若、薛道衡、辛德源、劉臻、魏淵、盧思道等八人共同討論完成，其中蕭、顏兩人的意見被採納得最多 ❷。隋文帝仁壽元年（601）前，《切韵》撰成，陸法言寫了一篇韵書史上相當重要的文獻《切韵・序》，序中提到編書最重要的性質，乃是「論南北是非，古今通塞」。簡單的說，就是《切韵》注意到當時南北或古今語音的相同與差異，這是了不起的創作，是以前韵書所沒有的編輯觀念。

根據現在藏於倫敦，由英國人史坦因爵士（Stien）所携回編號S2683（切一）、S2055（切二）、S2071（切三）幾個比較有名的殘卷觀察，《切韵》的體例與宋人重修的《廣韵》（1008）幾乎一致。異音字除用不同反切注音外，亦用圓圈隔開；類聚許多「叠韵」字，組成一個大韵；合併聲調相同的許多大韵定爲一卷。總計合併平聲上、平聲下、上聲、去聲、入聲193個韵爲五卷。其中平聲字多，一卷無法容納而分爲兩卷，但是後人誤以爲平聲上就是後代的陰平字、平聲下是陽平字，其實這是錯誤的觀念。回過頭來說，《廣韵》體例儘管是承襲《切韵》，但是分韵有206韵，各字注解稍詳，反切用字亦有不同等，都是與《切韵》相異之處。自然在四百年之後，爲了實際需要，韵書

❷ 見陸法言撰《切韵、序》。

編輯當然不同，這是天經地義的事，不足爲奇。

組成《切韵》最重要的兩種材料，就是「反切」與「四聲」。沒有反切的話，各字音怎麼讀？到底有什麼不同？爲何某些字要類聚在一起，成爲一個小韵或者一個大韵？都無法得到答案。而沒有四聲，則各字如何組成一起？《切韵》全書的編排，是否要徹底大改變？究竟依照「據形系聯」的部首法？或者改從意義近似新方法？也是大煩惱。總之不僅是《切韵》，就連其他韵書也相同，缺少了「反切」與「四聲」兩項因素，韵書的編組將形成一團糟。不但韵書押韵與審音兩大功能不能彰顯，反而將使成千盈萬的單字，如一屋散錢胡亂擺置。

東漢佛教傳入中國，除了傳入釋教的文化，也帶來印度其他文化。其中分析字音的方式，如 Pa、Pha、ma、te、the、ne……等，P、Ph、m、t 等稱爲「體文」，也就是語音學所謂的「輔音」（Consonant）；a 與 e 稱爲「摩多」，也就是語音學的「元音」（Vowel）。每一個音可以如此分析，因而啓發中國人也將漢字字音析解爲「聲母」與「韵母」兩部份。聲母是指每個字音起頭的部份，由反切上字來代表；韵母則指字音起頭之外的部份，也就是收音部份，由反切下字來表示。「反切」就是在這種背景影響下所產生。至於「四聲」，其實在梁沈約（441—513）「發現」（不是「發明」）之前早有四聲存在，沈氏恭逢其盛適時提出「四聲」的觀念，固然其目的在文學聲律的應用，但也相對讓字音的分析沾了光。「四聲」的提出，並非人人能懂，相傳梁武帝曾問大臣周捨什麼是四聲？周氏爲了討好皇帝就說：「天子聖哲」，武帝不甚了了。過些天轉問他人，所得的答案仍是「天子萬福」之類的奉承話，自然不能十分明白四聲的意義是什麼？最後在似懂非懂的推演下，終於想出了「天子壽考」也是四聲的結論。可見當時並不是一般人都能瞭解四聲究竟是什麼？

反切與四聲慢慢被人接受以後，陸法言就將它們巧妙地應用在韵書的編排上。有了反切，可以將韵書全部收字逐字注音，什麼是「叠韵」？什麼是「同音」？甚至什麼情況下可以押韵？都可以借各字所注的反切來歸納和依據。同樣有了四聲，韵書何以要如此分卷？各卷（即各聲調）有何不同？也可以解釋清楚。總之陸氏在反切與四聲產生之後，才能編輯韵書史上最重要的《切韵》，並非不是沒有道理的。而《切韵》成書之後，審音和押韵的應用才有了最權威的依據。因此可以這麼說：沒有四聲與反切，就沒有韵書；沒有韵書的規範，作詩作文的押韵和字音分析，就沒有固定的標準了。

3-2 韵書的效用

韵書最大的功能，當然是在「押韵」的參考，以及「審音」的根據。以下舉唐人駱賓王（640—？）的詩爲例，並注上韵脚的擬音加以說明。

詠　鵝　　　　駱賓王

鵝鵝鵝〔꜀ŋa〕，

曲項向天歌〔꜀Ka〕。

白毛浮綠水，

紅掌撥清波〔 ꜀Pua 〕。❸

它們所以能押韻是因爲「叠韻」字的關係，就是鵝、歌、波三個字同讀〔 -a 〕所以一起押韻。雖然波是〔 -ua 〕，前面介音〔 -u- 〕在押韻時可以不管。爲了把如何押韻的現象說得更清楚，以下試用音韻學的「音節結構」作分析。

	聲母	韻母			聲調
		韻頭	韻腹	韻尾	
鵝	ŋ		a		平
歌	K		a		平
波	P	u	a		平

聲母相同叫做「双聲」，以上三字各屬於舌根鼻聲〔 ŋ- 〕、舌根清塞聲〔 K- 〕及双唇清塞聲〔 P- 〕當然不是双聲字。而所謂「叠韻」，指韻母中韻腹、韻尾及聲調相同，前面韻頭可以不論。鵝、歌、波三個字，大約在當時都讀舌面後低元音〔 -a 〕，所以彼此可以押韻，聲調又是平聲字也相同。其實鵝、歌兩字，在《廣韻》下平聲「七歌」韻，波則收在下平聲「八戈」韻。三字韻書雖然不同韻，但《廣韻》韻次歌韻下注「戈同用」，意思

❸ 擬音據王力，《音韻學初步》13－19及26－31頁，台北：大中影本，1981。

是指歌、戈兩韵可以通押，後代的平水韵，則已將兩韵合併爲下平聲「五戈」，證明駱賓王這首詩三個韵脚並沒有出韵。以上說明可以讓人瞭解韵書在押韵方面的功能。

語音是發展的，駱賓王時代的讀音與現代當然會有不同，如果我們將上列三個原來押韵的韵脚，用現代國語讀它，根本不能押韵，而且讀音與駱賓王時代多有不同：

	唐代	現代
鵝	꜀ŋa	ɤ˧˥
歌	꜀Ka	Kɤ˥
波	꜀Pua	Po˥

這三個原來押韵的韵脚，演化到現代國語，波與其他兩字根本不同，鵝、歌雖然同韵，可是聲調已經有別，鵝字讀「陽平」（第二聲）、歌字讀「陰平」（第一聲），雖然兩字都由平聲分化出來，但終就有感覺上的差異。我們讀這首詩如果不明白古代的讀法，直接以現代國語讀它，當然會覺得不押韵。因此有韵書做依據，不論讀音如何發展，我們都能掌握清楚。

或許有人認爲根據方言去讀唐詩，比較上較用現代國語行得通。此話當然不錯，問題是應該用道地的方言發音爲前提，否則用不純正的方言唸古詩，必然是南腔北調不能諧合，尤其今天眞正能用道地的方言發音的人，已經少之又少。另外根據漢語發展的理論說，絕大多數的現代方言，都是從古代的漢語分化而來，因爲發音習慣不同或者其他因素影響，形成今天各異其趣的不同方言，因此各方言中或多或少保存古代漢語的某些讀音那是可能的，如果說某種方言就是古音，則決不是事實。以下再以鵝、歌、波三字爲例，舉各種方言讀音並說明於後。

	鵝	歌	波
成都	꜁O	꜀Ko	꜀Po
蘇州	꜁ŋəu	꜀Kəu	꜀Pu
長沙	꜁O	꜀Ko	꜀Po
南昌	ŋo꜄	꜀Ko	꜀Po
梅縣	꜁ŋɔ	꜀Kɔ	꜀Pɔ
廣州	꜁ŋɔ	꜀Kɔ	꜀Pɔ
厦門	꜁go	꜀Ko、꜀Kua	꜀P′o
福州	꜁ŋɔ	꜀Kɔ	꜀P′ɔ ❹

以上各種方言，成都是屬於官話，蘇州是吳方言，長沙是湘方言，南昌是贛方言，梅縣是客家方言，廣州是粵方言，厦門與福州則分別代表閩南、閩北方言。以上把全國八大方言的「代表點」都照顧到，拿來討論應該比較週全。以鵝字聲母爲例，除成都、長沙外，多數都保存唐代的舌根鼻音的讀法。厦門讀舌根塞音〔g-〕，那是閩南方言的特點，比如「牙」字梅縣、廣州都讀〔꜁ŋa〕，厦門則讀〔꜁ga〕（讀書音）或〔꜁ge〕（說話音）。

❹ 方言擬音據北大中文系語言學教研室《漢語方音字滙》（北京：文字改革出版社，1962）。

歌字與波字，各種方言都保存與唐代相同的讀法。其中歌字厦門不論讀書音〔 ꜀Ko 〕或說話音〔 ꜀Kua 〕，都是保存舌根清塞聲〔 K- 〕，與其他方言沒有不同；波字的閩南話與閩北話聲母讀〔 P'- 〕，是双唇清送氣的塞聲，與多數及唐代的不送氣〔 P- 〕有些不同。至於鵝、歌、波三字的韵母都與唐代讀音有異，如果按照任何一種方言來讀駱賓王這首詩，可能就有距離了。至於何以要將那三字的韵母讀爲〔 -*a* 〕，那是另外一個層次的問題，此地不必再做討論。

韵書旣然歸納叠韵字，哪些字能不能押韵？自有韵書規範，正是前面所說的韵書「押韵」功能。其次所謂「審音」的功能，其實也與韵書的組織有密切關係。

一般音韵學上分析字音，不論對象是上古、中古、近代或現代的漢語字音，它們總是可以分成五個成份，隸屬在三個單位中：

①聲母 A

②韵母：韵頭 B、韵腹 C、韵尾 D

③聲調 E

B 有時候可以稱做「介音」，C 有時候叫「主要元音」，D 也有陰聲、陽聲、入聲的異名，這些不同的稱呼都是從各種不同的角度，如性質、內容等各方面來說，可以不必去管它。以下爲了說明方便，先舉《廣韵》部份的收字爲例：

上平一東韵

東 a（德紅切）、同 b_1 童 b_2 銅 b_3（徒紅切）、中 c_1 衷 c_2 忠 c_3（陟弓切）、蟲 d（直弓切）、終 e（職戎切）

、弓 f_1 宮 f_2（居戎切）、公 g_1 功 g_2 工 g_3 蚣 g_4（古紅切）、洪 h_1 紅 h_2 鴻 h_3（戶公切）、翁 i（烏紅切）、通 j（他紅切）

上平二冬韵

冬 k（都宗切）、彤 ℓ_1 痋 ℓ_2 佟 ℓ_3（徒冬切）、農 m（奴冬切）、攻 n（古冬切）

上平三鍾韵

鍾 o_1 鐘 o_2（職容切）、邕 p_1 雍 p_2（於容切）、重 q（直容切）、恭 r_1 供 r_2 龔 r_3（九容切）

以上是將《廣韵》一東、二冬、三鍾收字較常見的摘錄，凡是不同反切間的「、」，即是一般韵書用「○」隔開的異音字，《廣韵》有反切注音，平水系韵書則祇用圈圈分隔。就如前面所說，韵書中的各韵收字，都是叠韵字，也就是 a b …… j ， k ℓ 到 n ， o p 到 r 各組都是叠韵。根據清儒陳澧的研究，一東韵內依照韵頭的不同，可分別爲以下兩組：

甲、東 a 同 b 公 g 洪 h 翁 i 通 j

乙、中 c 蟲 d 終 e 弓 f

它們的不同是甲組韵頭的介音爲〔 -u- 〕、乙組爲〔 -ju- 〕，也就是甲組屬合口洪音，乙組屬合口細音。二冬韵、三鍾韵收字則無此區別。要證明甲、乙兩組有不同，可以舉公、弓兩字爲例，這兩字各種方言多數與現代國語相同，讀音已經合併，祇有厦門話公讀〔 kɔŋ 〕、弓讀〔 kiɔŋ 〕，仍然保持《廣韵》的異讀。

上列一東韻的同 b_1 、中 c_1 、弓 f_1 、公 g_1 、洪 h_1 ；二冬韻彤 ℓ_1 ；三鍾韻鍾 o_1 、邕 p_1 、恭 r_1 等，都各有幾個同音字，表示在《廣韻》時就已經是同音。雖然現代國語讀東 a 冬 k 、同 b 彤 ℓ 、中 c 終 e 鍾 o 、弓 f 公 g 攻 n 恭 r 都是分別同音，但在《廣韻》時它們都有大小不同的差異。由於韻書是匯集「疊韻」字在同一韻中，所以由各字聲母形成的「双聲」現象，就相對的模糊不清了。為了補救此項缺點，唐朝末年以來研究反切的「字母」家，就歸納各種組合的聲類系統，例如「三十六字母」，每一個字母就是双聲字的代表，比如上例中東 a 與冬 k ，都是舌尖中清塞聲，就以同發音的「端」字來代表；弓 f_1 、公 g_1 、攻 n 、恭 r_1 四字都屬舌根清塞聲， 就以同類的「見」字來表示。總之依據韻書的組織加上字母家對字母的歸類，後人可以對中古的音韻系統做一個清晰的分類。試想如果沒有韻書，後人是否能瞭解双聲疊韻？甚至各字音間有何同異？也無法弄得清清楚楚。

為了更詳細說明「審音」的功能，以下根據董同龢《漢語音韻學》中古擬音說明如下：

	擬	音	聲母A	韻頭B	韻腹C	韻尾D	聲調E
a	東	꜀tuŋ	t	u	u	ŋ	平
b	同	꜀d′uŋ	d′	u	u	ŋ	平
c	中	꜀ȶjuŋ	ȶ	ju	u	ŋ	平
d	蟲	꜀ȡ′juŋ	ȡ′	ju	u	ŋ	平
e	終	꜀tɕjuŋ	tɕ	ju	u	ŋ	平
f	弓	꜀kjuŋ	K	ju	u	ŋ	平

g	公	꜀kuŋ	K	u	u	ŋ	平
h	洪	꜀ɣuŋ	ɣ	u	u	ŋ	平
i	翁	꜀ʔuŋ	ʔ	u	u	ŋ	平
j	通	꜀t′uŋ	t′	u	u	ŋ	平
k	冬	꜀tuoŋ	t	u	o	ŋ	平
ℓ	彤	꜀d′uoŋ	d′	u	o	ŋ	平
m	農	꜀nuoŋ	n	u	o	ŋ	平
n	攻	꜀kuoŋ	K	u	o	ŋ	平
o	鍾	꜀tɕjuoŋ	tɕ	ju	o	ŋ	平
p	邕	꜀ʔjuoŋ	ʔ	ju	o	ŋ	平
q	重	꜀ȡ′juoŋ	ȡ′	ju	o	ŋ	平
r	恭	꜀kjuoŋ	K	ju	o	ŋ	平

首先從 a 到 r 18 個字，它們D和E完全相同。E是聲調同屬平聲，D是同樣收舌根鼻音尾，可以稱做「陽聲字」。韻腹C的不同有兩組，即 a 到 j 同是〔 u 〕，它們在《廣韻》屬一東韻；k 到 r 同是〔 o 〕。不過《廣韻》把 k 到 n 即冬到攻收入二冬韻，o 鍾以下收在三鍾韻，它們的不同在韻頭B，惟《廣韻》目次冬韻下注：「鍾同用」，就是指不論韻頭B是收〔 -ju- 〕或〔 -u- 〕，衹要 C D E 相同（也就是叠韻字）就可以一起押韻。韻頭B在 18 字中衹有〔 -ju- 〕與〔 -u- 〕的不同，後者一般叫做「合口洪音」，前者叫做「合口細音」，在平常「押韻」中，它是不起任何作用。至於聲母A的部分，就是前述字母家才能分類的，如 b 與 ℓ 同屬「定」母，e 與 o 同屬「照」母等。雖然韻書

中無明顯歸併❺，但從反切上字的歸納仍然可以分析釐清，清人陳澧《切韵考》就是援用反切的材料，把它分類從三十六字母擴充爲四十聲類。可見韵書一樣能間接的去組織聲母系統，祇不過古代編韵書者，以詩文押韵不押聲，因此未編輯歸類聲母的韵書而已❻。

由以上的分析，可以明瞭韵書在「審音」上有極大的價值。如果沒有韵書做參考，光憑現代國語讀音，我們如何能區分弓、公、攻、恭四字的不同；而通 j 與彤 ℓ 的區別，也不是現在的聲調陰平和陽平的不同，因爲在中古音時代平聲根本不分陰陽，然而有了韵書記載反切，讓我們可以很清楚區別它們的不同：

①通在一東韵，彤在二冬韵，兩個字根本不能押韵。

②通讀〔 ꜀t′uŋ 〕、彤讀〔 ꜀d′uoŋ 〕， 前者是舌尖清送氣塞聲，後者是同部位的濁聲，聲母發音也是不同。韵書用「他（透母）」與「徒（定母）」的反切上字來表示差異。

③根據擬音也可以看出它們的韵腹（即主要元音），通是〔 u 〕，在國際音標（I. P. A.）中是舌面後圓脣高元音；彤是〔 o 〕，屬舌面後圓脣半高元音。兩個元音的不同是〔 o 〕比〔 u 〕脣形張得大，也就是發通字時口形較發彤字時爲小。

---

❺ ≪廣韵≫後面附有「双聲叠韵法」，雖然也可以分析聲類的大概，但那是後人附錄上去，並不是≪廣韵≫原來有的材料。

❻ 由陳伯元師編、 個人校訂的 ≪聲類新編≫（台北：學生書局，1982），則是以聲母爲系統的新編韵書。

人類的語音是不斷在改變，漢語的情況當然不能例外。因此我們要掌握中古音到現代國語的發展規律，最好的辦法是把兩個時期的讀音分析透徹。現代國語可以借重我們自己的口耳來分辨，對於中古的讀音，難道能起古人於地下嗎？所以依據《廣韻》這類韻書來分析，才是尋求發展規律的正途。否則完全以現代國語做分別的標準，而且昧於語音發展的事實，通字與彤字的不同，恐怕不能認識如前舉三項的差異，而僅當做聲調上陰平與陽平的區分，那麼在古今讀音的同異間，總是一種缺憾。

3-3　韻書三型 ❼

(1)　《切韻》系韻書

前面已經提過，目前能見到的第一本韻書，是完成於隋文帝仁壽元年（601）的《切韻》。此書編輯體例，爲後世幾本官修韻書所承襲，如唐玄宗天寶十載（751）孫緬編纂的《唐韻》；北宋眞宗大中祥符元年（1008）陳彭年等修輯的《廣韻》；以及北宋仁宗寶元二年（1039）丁度等奉詔纂修的《集韻》。這一系列的韻書、體例、性質及內容極其相似，音韻學上就總稱它們爲「《切韻》系」韻書。這是韻書第一型。

---

❼ 本節介紹各類韻書的內容，主要依據趙誠《中國古代韻書》（北京：中華書局，1980）及李新魁《漢語音韻學》（北京出版社，1986）第一編<韻書>。

因爲《切韵》對後世的影響廣泛，後世爲之加字、補訓或箋注的著述極多，其中較有名的據《廣韵》書前的記載，有長孫訥言及郭知玄的箋注；關亮、薛峋、王仁煦、祝尙丘、孫愐、嚴寶文、裴務齊、陳道固等做增字工作。此外王仁煦更在唐中宗神龍二年（706）撰成《刋謬補缺切韵》，王氏在書名下自己解釋：「刋謬者謂刋正謬誤，補缺者謂加字及訓」，完全針對《切韵》疏失而做。可見《切韵》影響的深遠，是有必要加以補充修正，以更完美的面貌見世。其實就連後來《唐韵》、《廣韵》、《集韵》等書，都是針對《切韵》一書做修正增益工作的。

在第一型《切韵》系韵書中，《廣韵》是今存而影響較大的一本韵書。早在該書完成之前，宋代已有兩次編輯韵書的紀錄，依據王應麟《玉海》的記載，宋太宗端拱二年（989）大臣句中正、吳鉉、楊文舉等奉詔完成《雍熙廣韵》一百卷。又宋眞宗景德四年（1007），陳彭年、丘雍等奉命根據前代韵書重行校定《切韵》五卷，依照公佈九經例頒行天下。因此在1008年修訂完成時改爲《大宋重修廣韵》，「大宋」是針對隋、唐而說；「重修」則有別於雍熙與景德；「廣韵」當然是對前代的《切韵》、《廣韵》而命名。

《廣韵》全書有平、上、去、入五卷，韵目較《切韵》的193韵多出13韵爲206韵，收有26,194字，注解則有191,692字。如此龐大的卷帙，對一般人在查考時簡直是一項負擔。爲了供給一般人讀書、作詩、作文或科舉考試的應用，戚綸等奉皇帝之命，在《廣韵》完成前一年，將《切韵》中常用的字和注解錄出編成《韵略》一書，於宋眞宗景德四年（1007）十一月刻印成書。《韻略》與《廣韻》可以說是簡、繁兩種本子，可惜簡到什麼程度因書已亡佚，後人不得而知。

(2) 詩韻系韻書❽

「詩韻系韻書」又可稱爲「平水韻系韻書」，主要是合併第一型韻書206韻爲106或107韻。在敍述此系韻書前，有必要先介紹它們開山先祖——《禮部韻略》。宋仁宗景祐四年（1037）賈昌朝批評景德時編的《韻略》，「多無訓釋，疑混聲，重疊字」，致使應試者誤用。當時皇帝因此命令丁度等重編《韻略》，改稱爲《禮部韻略》，當年丁度等人就修訂完成❾。其書刪去奇怪冷僻字，只收一般常用字，注釋也從簡，極適合當時考官及舉子共同遵守的「標準本」。正因其簡略所以叫做「韻略」。根據唐人封演《聞見記、貢舉》所說，唐代開元二十四年（736）以後，貢舉的事由禮部管理，官修韻書也由禮部頒行。這部書既然是官韻，所以因襲舊制的情況下叫做《禮部韻略》。它的分韻與《集韻》相同也是206韻，《集韻》是「務從該廣」收羅豐富的大書，《禮部韻略》與之相比正好是繁簡的二書，與《廣韻》之於《韻略》的情況相同。

《禮部韻略》今天能見到的都是後人修訂本，一種是南宋高

---

❽ 本段所述韻書，有部份在音韻學上並不屬於中古音，但爲了與第一型比較的需要，因此一併做介紹。

❾ 1037年宋祁、鄭戩等人也批評陳彭年的《廣韻》「多用舊文，繁略失當」，宋仁宗因命丁度等刊修《廣韻》，至1039年書成改稱《集韻》。丁度當時實際上是重編兩部書。

宗紹興三十二年（ 1162 ） 毛晃增注毛居正校勘重增的《 增修互注禮部韵略 》（《 四庫全書 》經部，收有此書），毛氏父子相繼完成此書，雖然屬個人修訂本，在當時却享譽很高，甚至後來劉淵的《 壬子新刋禮部韵略 》，宋濂等的《 洪武正韵 》，其注釋部分都以此書作主要參考採用極多。另外一種是在南宋理宗淳熙年間（ 1174 — 1189 ）編修，題名爲《 附釋文互注禮部韵略 》（ 商務印書館《 四部叢刋 》續編收有影印鐵琴銅劍樓藏宋刋本），作者已經佚名可能是集體編修而成的官本。

《 切韵 》系韵書的分韵，一般都較以下將要敍述的詩韵系韵書爲細。當然韵部多，作詩押韵就限制多，《 切韵 》系韵書的分韵，都不是完全當時語音的實錄，而是以當時讀書音爲基礎，兼顧古音與方言的綜合反映。因此根據韵書來作詩押韵的舉子，就遭遇了與日常語音矛盾的困擾，唐封演《 聞見記、聲韵 》有一段的記載說：

> 隋朝陸法言與顏、魏諸公定南北音，撰為《 切韵 》凡一萬二千一百五十八字，以為文楷式；而「先」、「仙」、「刪」、「山」之類分為別韵，屬文之士共苦其苛細。國初，許敬宗等詳議，以其韵窄，奏合而用之，法言所謂「欲廣文路，自可清濁皆通」者也。(轉引趙誠≪中國古代韵書≫52頁)

所謂「苦其苛細」就是指唐代語音與韵書所分已有距離，爲了克服這項困擾，我們見到《 廣韵 》、《 集韵 》 、《 禮部韵略 》 等206韵的韵書，在每卷前的韵目下注有「獨用」、「同用」例，如《 廣韵 》平聲上：

東第一　獨用

冬第二　鍾同用

鍾第三

江第四　獨用

支第五　脂之同用

脂第六

之第七

如果我們依據「獨用」、「同用」之例歸併韻部，上列七個韻可以合併成：

東第一

冬第二

江第三

支第四

這個結果就是「詩韻系韻書」106或107韻的來源。《廣韻》的「同用」、「獨用」例，清人戴震認爲是唐人許敬宗等詳議，但是現代所能見到的幾種唐寫本韻書及韻書殘卷，却見不到一點痕迹，因此宋人王應麟《玉海》說此例是編輯《廣韻》的丘雍所訂，似乎較可信。

「獨用」、「同用」的注釋，實際上可能與當時的語音有些關係，否則像五支韻已經有四百字左右，可以算一個大韻，却要和六脂、七之兩韻同用；八微才一百多字，是一個小韻，却是獨用。如果這項說法是可信的話，《廣韻》以下韻書的「獨用」、「同用」例，正是開啓後代詩韻系韻書併韻的先河，而此種合併韻目是極有意義的事。

首先第一部併韻的韻書，是成書在金哀宗正大四年（1227）

金人王文郁的《平水韵略》，分韵有106韵，王氏當時官「平水書籍」，所以書名取「平水」是有它的道理，但是今天通稱詩韵爲「平水韵」，却不是因它的書而命名。1229 年也就是金哀宗正大六年，金人張天錫編了一部《草書韵會》五卷，也是分韵106與王書相同⑩。

王、張二書之後，在南宋理宗淳祐十二年（1252）江北平水劉淵也編了一部書叫做《壬子新刋禮部韵略》，「壬子」當然指的是1252年，所謂「新刋」是繼《禮部韵略》宋人修訂的毛氏父子本、淳熙本的續作，將《禮部韵略》原來的206韵依同用例合併爲107韵，此外也增加了436字。它所以比王文郁多一部，是將上聲迥韵（原收《禮部韵略》迥拯等三韵）分出「拯」韵（包括拯等二韵）。劉書現在已經不見，其分韵情況可從元人熊忠《古今韵會舉要》得其梗概。此書因爲影響較廣，後世稱詩韵爲「平水韵」，可能是因它而來，然而後人多誤以爲劉書也是106韵，其實是張冠李戴，把王文郁、張天錫的106韵加在《壬子新禮部韵略》的頭上。

站在實用的立場來說，詩韵主要用途是作爲工具，供作詩作文檢韵選字之便。因此韵書份量不宜太多，不論卷帙、收字或注釋，都以輕便簡省爲最好；加上實際語音與書上記載也不能差異太大。以此種標準來衡量，當然詩韵系106或107韵的韵書，要較206韵系統的《切韵》系韵書受歡迎。此外平水韵之類的通俗韵書，主考官與應試舉子都共同遵守不渝，因此沒有理由重選諸

---

⑩ 見王國維≪觀堂集林、書張天錫草書韵會後≫。

如《禮部韻略》的大部頭韻書做官韻。而實際上元、明、淸此類韻書，絕大多數都是採用106韻系統，如元代陰時夫《韻府群玉》、明人潘恩《詩韻輯略》、李攀龍《詩韻輯要》、淸代張玉書奉康熙之命編修《佩文韻府》（1711）與稍後簡化的《佩文詩韻》及周蓮塘《佩文詩韻釋要》。余照《詩韻集成》、《詩韻珠璣》、汪慕杜與湯氏同名而異書的《詩韻合璧》、惜陽主人《詩韻全璧》等都是以平水韻106韻的系統做編書依據。它們之中有屬於官修，在當時必須嚴格遵守，也有由私人編輯，只供參考，但簡化韻目的做法却都是一致。這類書的影響究竟是太廣了，就因爲簡便與習慣勢力的因素，因此讓106韻的系統，由不倫不類的併合終於成了正統。

(3) 改良型韻書⓫

異於上述第一型與第二型的韻書，有金崇慶元年（1212）韓道昭編《五音集韻》，根據當時北方實際語音，將《集韻》206韻合併成160韻。元至正二十九年（1292）熊忠據同時黃公紹所撰《韻會》，修訂爲《古今韻韻會舉要》，依據劉淵歸併的107韻編輯成書，在書中也表現了當時的實際語音。元泰定帝泰定元年（1324）江西高安人周德清，據當時大都（今北平）音編成《中原音韻》，該書合併陰平、陽平、上、去四聲創爲十九韻部，是當時北曲的參考韻書，而且編書的體例一反前代，是韻書的大

⓫ 本段所述韻書，全部與中古音無關，但爲了與第一、二兩型做比較，因此一併介紹。

革命，爲後代曲韻派韻書的鼻祖。像元人卓從之《中州樂府音韻類編》（1351）、明寧獻王朱權《瓊林雅韻》（1398）、成化年間（1465—1487）陳鐸《菉斐軒詞林要韻》、吳興王文璧《中州音韻》（1506以前）、范善溱《中州全韻》、清人王鵕《中州全韻輯要》（1781）、沈乘麐《曲韻驪珠》、周少霞《增訂中州全韻》等，都是受《中原音韻》影響很深的後續之作。而異於北曲爲後世南曲奉爲準則的《洪武正韻》，則是明初樂韶鳳等人奉明太祖命令所撰集的一部官韻，成書於洪武八年（1375）。全書分爲七十六個韻部，平、上、去各二十二部，入聲十部，基本上反映了明代初年中原共同語的讀書音系統，因書中保存全濁聲母及入聲，與當時南方方言較爲接近，因此明代作南曲者多參用它來製作，故有南宗《洪武》的說法。此外像明代雲南人蘭茂《韻略易通》（1442）、明末山東掖縣人畢拱辰《韻略匯通》（1642）、清初河北唐山人樊騰鳳《五方元音》、康熙時李光地與王蘭生等人《音韻闡微》（1726）。這幾部韻書都表現了當時某些語音的實況，所不同的是有些表現在韻部或字母的歸併，《音韻闡微》則反映在改良的「合聲系」反切中。

以上所述這些韻書，與前述第一型、第二型韻書的不同，主要是它們除了簡化韻部之外，也適度反映當時的語音現象，與前二型較注重因襲的情況有異。另外前二型的韻書，審音與押韻的參考作用雖兼而有之，但是它仍然以作詩作文選韻的依據較重要，至於後者顯然比重是放在審音，不過像《中原音韻》等書則偏重於作曲的參考韻書，與前二系有相同的目的。

如果把上述各型較重要韻書的發展，簡單列表表示，應該可以比較清楚看出它們之間的關係：

㈠ 《切韻》系韻書

《切韻》（601）——天寶本《唐韻》（751）

——《廣韻》（1008）——

|

《韻略》（1007）

《集韻》（1039）

|

《禮部韻略》（1037）

㈡ 詩韻系韻書

《平水韻略》（1227）——《壬子新刋禮部韻略》（1252）——《韻府群玉》（元代）——《佩文韻府）（1711）

㈢ 改良型韻書

《五音集韻》（1212）——《古今韻會舉要》（1292）——《中原音韻》（1324）——《洪武正韻》（1375）——《韻略易通》（1442）——《韻略匯通》（1642）——《五方元音》（清初）——《音韻闡微》（1726）

3-4　近體詩擬音舉例

有關韻書的發展，前面已稍做介紹，除第三型「改良型」韻書問題牽涉較多，有必要專文做說明外，其餘第一型與第二型，如果我們以 206 韻與 106 韻做爲代表，比較它們合併的情況，那麼將較容易看出演變的痕迹。以下取《廣韵》206 韵與《佩文韵府》106 韵爲依據，在比較之後列王力《音韵學初步》的詩韵擬音做參考。

	《廣韵》	《佩文韵府》	詩韵擬音⓬
①	東董送 / 屋	東董送 / 屋	-uŋ、-iuŋ/-uk、-iuk
②	冬　宋 / 沃 鍾腫用 / 濁	冬腫宋 / 沃	-uoŋ、-iuoŋ / -uok、-iuok
③	江講絳 / 覺	江講絳 / 覺	-ɔŋ/-ɔk
④	支紙寘 脂旨至 之止志	支紙寘	-i 、-u i ⓭
⑤	微尾未	微尾未	-i əi -uəi
⑥	魚語御	魚語御	-iuo ⓮
⑦	虞麌遇 模姥暮	虞麌遇	-u、-iu
⑧	齊薺霽、祭	齊薺霽	iæi、-iuæi
⑨	泰	泰	-ai、-uai

⓬ 王力，≪音韵學初步≫26 — 31 頁（台北：大中影本）擬音，每韵僅列主要元音和韵尾。爲了對照≪廣韵≫韵類的需要，個人加入韵頭的區別。又一東、二冬原擬［ -oŋ ］與［ -uŋ ］，個人掉換改成東［ -uŋ ］、冬［ -oŋ ］。

⓭ ［ -ui ］係個人所擬，表示有別於［ -i ］一組的合口字。

⓮ 魚語御王力原擬開口細音［ -io ］，此處改做合口細音［ -iuo ］。

⑩	佳蟹卦 皆駭怪、夬	佳蟹卦	-ai、-uai [15]
⑪	灰賄隊 咍海代、廢 [16]	灰賄隊	-ɑi、-uɑi
⑫	真軫震／質 諄準稕／術 臻　　／櫛	真軫震／質	-en、-ien、iuen/-et、 -iet [17]、-iuet
⑬	文吻問／物 欣隱焮／迄	文吻問／物	-iən、-iuən/-iət、-iuət
⑭	元阮願／月 魂混慁／沒 痕很恨	元阮願／月	-ɐn、-uɐn、-iɐn、-iuɐn /-ɐt、-uɐt、-iɐt、-iuɐt
⑮	寒旱翰／曷 桓緩換／末	寒旱翰／曷	-ɑn、-uɑn/-ɑt、-uɑt
⑯	刪潸諫／黠 山產襇／鎋	刪潸諫／黠	-an、-uan/-at、-uat
⑰	先銑霰／屑 仙獮線／薛	先銑霰／屑	-iæn、-iuæn/-iæt、-iuæt
⑱	蕭篠嘯	蕭篠嘯	-iæu、

[15] 王力原書泰與佳擬音相同。

[16] 有關《廣韻》的合併，並非根據「同用」、「獨用」，而是依照《佩文韻府》。此處「廢」《廣韻》原作「獨用」，《佩文韻府》則與代、隊合併。以下類此者不再說明。

[17] 王力原書擬[-it]，此處據陽聲[-ien]而改擬[-iet]。

	宵小笑		
⑲	肴巧效	肴巧效	-au
⑳	豪皓号	豪皓號	-ɑu
㉑	歌哿箇	歌哿箇	-ɑ、-uɑ、-iɑ、-iuɑ
	戈果過		
㉒	麻馬禡	麻馬禡	-a、-ua、-ia
㉓	陽養漾/藥	陽養漾/藥	-aŋ、-uaŋ、-iaŋ、-iuaŋ/
	唐蕩宕/鐸		-ak、-uak、-iak、-iuak
㉔	庚梗敬/陌	庚梗敬/陌	-ɐŋ、-uɐŋ、-iɐŋ、-iuɐŋ/
	耕耿諍/麥		-ɐk、-uɐk、-iɐk、-iuɐk
	清靜勁/昔		
㉕	青迥徑/錫	青迥徑/錫	-iŋ、-iuəŋ/-ik、-iuək
	拯證		
	等嶝		
㉖	蒸/職	蒸/職	-əŋ、-uəŋ、-iəŋ/-ək、-uək
	登/德		-iək
㉗	尤有宥	尤有宥	-ou、-uou、-iou
	侯厚候		
	幽黝幼		
㉘	侵寢沁/緝	侵寢沁/緝	-iəm/-iəp
㉙	覃感勘/合	覃感勘/合	-ɑm/-ɑp
	談敢闞/盍		
㉚	鹽琰豔/葉	鹽琰豔/葉	-iæm/-iæp
	添忝㮇/帖		

	嚴儼釅／業		
㉛	咸豏陷／洽	咸豏陷／洽	-am、-iuam/-ap、-iuap
	銜檻鑑／狎		
	凡范梵／乏		

由以上對照，我們可以清楚看出後代詩韵106韵的由來，不過是以《廣韵》等韵書的「同用」、「獨用」例爲基礎，加上諸如當時語音或韵窄等因素所做的歸併。

如果要給近體詩擬音的話，祇有上述韵母的讀音似乎不夠，以下再將王力所擬聲母讀音⓲也一併做介紹。至於聲母、韵母爲什麼如此讀，此處則不擬討論。

	聲類	說　　　明	擬音
㉜	幫	双脣清不送氣塞聲	P-
㉝	滂	双脣清送氣塞聲	P′-
㉞	並	双脣濁送氣塞聲	b′-
㉟	明	双脣鼻聲	m-
㊱	非	脣齒清不送氣擦聲	f-
㊲	敷	脣齒清送氣擦聲	f′-
㊳	奉	脣齒濁送氣擦聲	v′-

⓲ 據王力《書韵學初步》（台北：大中影本，1981）第二章<字母>13－19頁，以及第三章、第四章「唐詩例證」的擬音。惟全濁聲母王力本擬不送氣，此處全部改成送氣。

㊴ 微 脣齒鼻聲 ɱ-

㊵ 端 舌尖中清不送氣塞聲 t-

㊶ 透 舌尖中清送氣塞聲 t'-

㊷ 定 舌尖中濁送氣塞聲 d'-

㊸ 泥 舌尖中鼻聲 n-

㊹ 知 舌面前清不送氣塞聲 ȶ-

㊺ 徹 舌面前清送氣塞聲 ȶ'-

㊻ 澄 舌面前濁送氣塞聲 ȡ'-

㊼ 娘 舌面前鼻聲 ȵ-

㊽ 精 舌尖前清不送氣塞擦聲 tS-

㊾ 清 舌尖前清送氣塞擦聲 tS'-

㊿ 從 舌尖前濁送氣塞擦聲 dZ'-

51 心 舌尖前清送氣擦聲 S-

52 邪 舌尖前濁送氣擦聲 Z-

53 照章⑲ 舌面前清不送氣塞擦聲 tɕ-

54 穿昌 舌面前清送氣塞擦聲 tɕ'

55 神船 舌面前濁送氣塞擦聲 dʑ'-

56 審書 舌面前清送氣擦聲 ɕ-

57 禪 舌面前濁送氣擦聲 ʑ-

58 莊 舌尖面清不送氣塞擦聲 tʃ-

59 初 舌尖面清送氣塞擦聲 tʃ'-

---

⑲ 章、昌等小字，係王力分類用字，目的在區別照系（照三）與莊系（照二）的不同。

⑥⓪	牀崇	舌尖面濁送氣塞擦聲	dʒ'-
⑥①	疏生	舌尖面清送氣擦聲	ʃ-
⑥②	見	舌根清不送氣塞聲	K-
⑥③	溪	舌根清送氣塞聲	K'-
⑥④	群	舌根濁送氣塞聲	g'-
⑥⑤	疑	舌根鼻聲	ŋ-
⑥⑥	曉	舌根清送氣擦聲	X-
⑥⑦	匣	舌根濁送氣擦聲	ɣ-
⑥⑧	影	零聲母	ø-
⑥⑨	喻以[20]	半元音（輕的擦聲）	j-
⑦⓪	為雲	（有別於以類的喻母字）	ɣi-
⑦①	來	舌尖中邊聲	l-
⑦②	日	舌面前閃音[21]	r-

以下舉唐人孟浩然<過故人莊>一首，先列全詩再逐字擬音。

過故人莊　　　　孟浩然

故人具雞黍，邀我至田家。綠樹村邊合，青山郭外斜。開軒面場圃，把酒話桑麻。待到重陽日，還來就菊花。

---

[20] 王力用「以」、「雲」兩字，區別喻三（爲）與喻四（喻）。

[21] 王力說：「舌面閃音，發音時，舌面和齦腭間接觸，閃了一閃，立即放開。閃音是顫音的變體，這個舌面閃音……後來變爲舌尖後音，即今普通話的［ɽ］。」（≪音韻學初步≫16頁，台北：大中影本，1981）。

這首詩的韻脚是「家、斜、麻、花」四字，在詩韻屬下平聲六麻韵，因此韵母可選㉒組押〔 -a 〕韵脚。 至於其他各字聲母及韵母，可據上列①到㉒各組讀音，選擇適當的擬音。

	擬音	《廣韵》	聲紐	詩韵
故	ku꜄	古暮切	見	遇
人	꜀rien	如鄰切	日	真
具	gíu꜄	其遇切	群	遇
雞	꜀kiæi	古奚切	見	齊
黍	꜂ɕiuo	舒呂切	審	語
邀	꜀ʔiæu	於霄切	影	蕭
我	꜂ŋa	五可切	疑	哿
至	tɕi꜄	脂利切	照	寘
田	꜀d'iæn	徒年切	定	先
家	꜀ka	古牙切	見	麻
綠	liuok꜆	力玉切	來	沃
樹	ʑiu꜄	常句切	禪	遇
村	꜀tS'uᵄn	此尊切	清	元
邊	꜀Piuæn	布玄切	幫	先
合	ɣap꜆	侯閤切	匣	合
青	꜀tS'iŋ	倉經切	清	青
山	꜀ʃan	所閒切	疏	刪
郭	kuak꜆	古博切	見	藥

外	ŋuaiᵓ	五會切	疑	泰
斜	꜀Zia	似嗟切	邪	麻
開	꜀k'ɑi	苦哀切	溪	灰
軒	꜀Xiɐn	虛言切	曉	元
面	miænᵓ	彌箭切	明	霰
場	꜀ȡ'iaŋ	直良切	澄	陽
圃	ᶜPu	博古切	幫	麌
把	ᶜPa	博下切	幫	馬
酒	ᶜtSiou	子酉切	精	有
話	ɣuaiᵓ	下快切	匣	卦
桑	꜀Saŋ	息郎切	心	陽
麻	꜀ma	莫霞切	明	麻
待	ᶜd'ɑi	徒亥切	定	賄
到	tɑuᵓ	都導切	端	號
重	꜀ȡ'iuoŋ	直容切	澄	冬
陽	꜀øiaŋ	與章切	喻	陽
日	riet꜄	人質切	日	質
還	꜀ ɣuɑn	戶關切	匣	寒
來	꜀lɑi	落哀切	來	灰
就	dz'iouᵓ	疾僦切	從	宥
菊	kiuk꜄	居六切	見	屋
花	꜀Xua	呼瓜切	曉	麻

綜合以上各節討論，韵書在文化史上有極其重要的地位。就歷代作詩、作文的文人雅士來說，它是大家彼此約定俗成的押韵參考書。如果沒有它，可能依據自己的方音來押韵，所謂「各有土風，遞相非笑」（《顏氏家訓·音辭篇》語）將會一再重演。就主考官舉子來說，韵書是他們之間共同遵守的「標準本」。就如同今日各級聯考，國立編譯館審定的教科書，自有它的權威性，遇到爭執當然以它所載爲標準答案。自從《切韵》行世以迄於清代，韵書影響文人及考試的學子，竟達一千二百年以上。從韵書普及的層面既廣又深來看，後人自然能理解它所存在的意義。

其次從音韵史的立場來看，韵書是後人瞭解中古音發展的重要依據。中古音及其以後的聲類、韵類，固然可以由詩文押韵或零星音韵記載得知，但那些內容極爲單薄，甚至雜亂無序。不如利用韵書所載的韵部及反切，經過歸納整理及分析，所得的結果不但可信，而且有系統性。因此從審音的觀點來看，韵書在音韵學的研究上，是最重要而不可缺的材料。因此對歷代韵書的整理及研究，應該是當前音韵學極重要的工作之一。

問題與討論

1. 爲什麼中古音韻書產生，需要有「反切」與「四聲」？
2. 創作和欣賞近體詩，在押韻方面如何利用韻書？
3. 《廣韻》的體例結構，對我們研究中古音的聲韻調，有什麼幫助？
4. 說明《切韻》系韻書的源流。又此系韻書有何共同的特點？
5. 詩韻系韻書與《切韻》系韻書主要的差異如何？在審音與押韻的功能上，二系有何不同？
6. 請比較詩韻聲紐擬音與《廣韻》擬音的異同。
7. 請比較詩韻韻類擬音與《廣韻》擬音的異同。
8. 試舉唐人近體詩（律詩或絕句）一首，逐字擬出它的讀音，然後比較與現代國語的異同。

4. 現代國語音系的形成過程

友人淡江大學竺家寧教授，曾經把《論語・學而》的「學而時習之，不亦說乎？」用國際音標（I.P.A.）將孔子時代的音和韓愈時代的音分別注出❶：

①gok nəg də́g djap təg, pjuət rjak rjuat gag ?

②ɣɔk nʑi ʑi Zjep tɕi, pfjuət jɛk juæt ɣuo ?

①是孔子時的讀法，②是韓愈時代的唸法，的確若讓韓愈與孔子來對話，恐怕兩人都互相聽不懂對方的話，上面的擬音就是很好的證據。如果我們把<學而>那句話，再用現代國語來標注，又是一番不同的面貌：

③ɕye ï ʂï ɕi tʂï, pu i ye Xu ?

③與①②一樣，都不標聲調，其實聲調是有很大不同的。此外聲母及韵母的差別也不少。這些事實說明了一個現象，就是「語音是演化的」。今天我們用現代國語中的讀音，甚至某些方言去唸古書，自認爲頗近古音，其實是不是？祇要分析比較一下，應該可以辨別清楚。

現代國語語音的形成，自然是累積歷代語音並融合各種方言而成。其中接受傳統讀音的成份，必然大於採自某些方言，這是

---

❶ 見<如果韓愈和孔子對話——談先秦上古音和唐宋中古音>，《古音之旅》，115頁，台北：國文天地，1987、10。

不爭的事實，但是如今仍有人誤以方言的讀音做標準國語，強迫把「和」（〔Xɤ〕）讀成〔Xan 〕，似乎不如此就不是標準國語，實在令人遺憾。現代國語語音的形成，它的背景因素很複雜，此處不擬討論，但是絕大多數承襲自傳統讀音，應該是可以肯定的事實。為了明瞭現代國語如何經中古音演化而來，以下分聲母、韵母、聲調三部份加以分析說明。

4-1 聲 母

《廣韵》聲紐的演化

依照前面 2-3《廣韵》四十一聲類的擬音，各個聲紐演化成現代國語聲母的讀音如下：

① 脣音的演化

幫 P ——→ ㄅ P

滂 P′ ——→ ㄆ P′

並 b′（仄 → ㄅ P；平 → ㄆ P′）

明 m ——→ ㄇ m

《廣韵》幫系字，演化成現代國語的ㄅㄆㄇ。其中並紐是全濁聲母，全濁聲母大約在北宋邵雍（ 1011 — 1077 ）撰《皇極經世聲音唱和圖》中就開始「清化」❷，所謂「濁音清化」（devoicing），是指中古的全濁聲母，到北宋十一世紀開始已經慢慢讀成「清聲紐」，一直到現代國語，祇剩下濁擦聲的ㄖ〔ʐ-〕、鼻聲ㄇ〔m-〕、ㄋ〔n-〕及邊聲ㄌ〔l-〕四個次濁字，其餘都是清聲。有關「濁音清化」的規律，王力分成兩條來說❸：

㈠全濁的塞聲或塞擦聲
- （平聲字）——送氣相應的清塞聲或塞擦聲
- （仄聲字，即上去入）——不送氣相應的清塞聲或塞擦聲

㈡全濁的擦聲——（不論平仄都變成）相應的清擦聲

上面並紐的清化，就是屬於㈠條的演化規律，讀成與幫、滂二紐相同的ㄅ、ㄆ；明紐是次濁，現代國語仍然讀濁鼻音ㄇ，算是未變。

② 輕脣音化

非 P ——→ pf ——→ ㄈ f
敷 P′——→ Pf′ ——→ ㄈ f
奉 b′——→ bv′ ——→ v ——→ ㄈ f

非敷奉原來讀與幫滂並相同，都是双脣的P-、P′-、b′-，到唐末三十六字母時，才由幫等分化出來讀成脣齒音，也就是pf-、pf′-、bv′，它的條件是合口三等字。也有人認爲脣音合

❷ 見鄭再發，<漢語音韵史的分期問題>，≪中央研究院歷史語言研究所集刊≫，36：643—645頁，1966、6。

❸ 見≪漢語史稿≫，110—112頁，台北：泰順影本，1970、10。

口三等字一經分化，即刻非敷合流讀 f- ，而奉母也在十二、三世紀濁音清化的時代，由 V- 變成 f ❹。至於微紐的演化，留待最後⑥組再介紹。

③ 舌尖與舌根的顎化

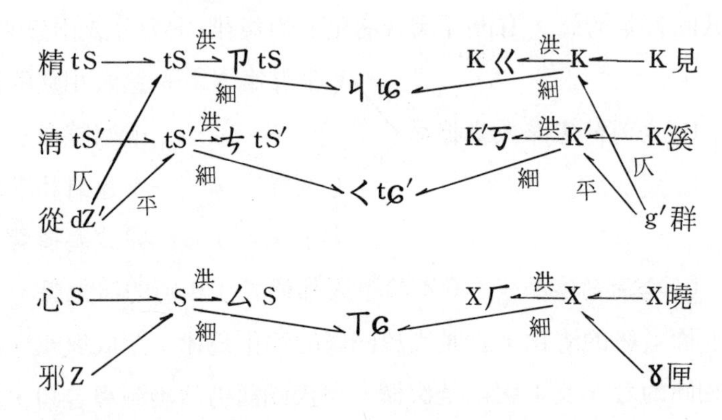

舌尖前音精系的從、邪二紐，是全濁的塞擦聲與擦聲，清化後讀與相應的清聲同，其次因爲介音有洪（ -ɑ- 、 -u- ）細（ -i- 、 -iu- ）之別，演化時洪音字不變，細音字就變成現代國語的舌面音ㄐ〔 tɕ- 〕、ㄑ〔 tɕ′- 〕、ㄒ〔 ɕ- 〕。因細音的結合，發音部位由舌尖前變成舌面前的現象，叫做「顎化作用」（ Palatalization ）。舌根音的見溪群曉匣，同樣也是與精系字有類似的演化，群是濁塞聲、匣是濁擦聲，清化後讀成相應的清聲，其次聲母與細音字結合者，就顎化讀成舌面前的塞擦聲ㄐ、ㄑ與擦聲ㄒ。王力說北方話的舌根音見，曉系顎化，可能比舌尖前音精

---

❹ 見王力，≪漢語史稿≫，115頁。

系還早，也可能同時❺。鄭錦全則觀察明清韻書的情況，得到較肯定的結論說：「北方音系見、曉、精系字顎化，大約全面形成於十六、七世紀。到了十八世紀前半葉，《團音正考》（ 1743 ）對尖團的分析，正表示顎化已經完成。」❻尖音就是指舌尖前讀 tS- 、 tS'- 、 S- ，團音則是見系舌根音應讀 tɕ- 、 tɕ- 、ɕ ❼。此外舌根音尚有鼻聲疑母字，留待下面⑤⑥組再做介紹。

④ 捲舌音化

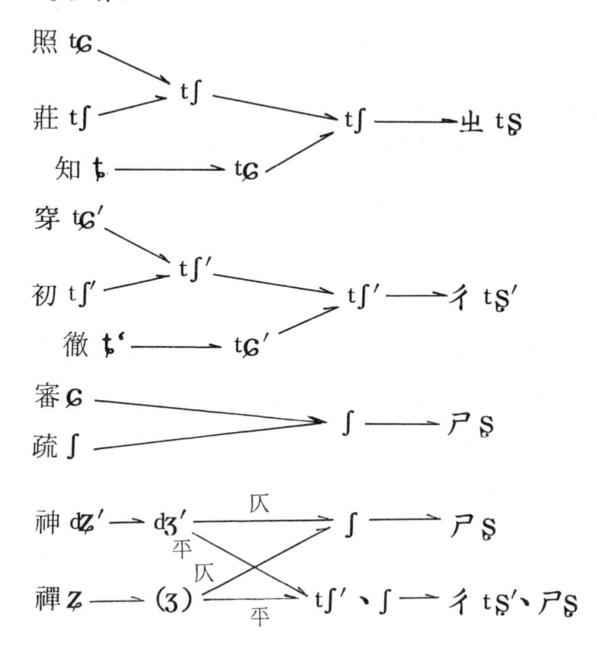

---

❺ 見《漢語史稿》，124 頁。

❻ 見<明清韻書字母的介音與北音顎化源流的探討>，《書目季刊》，14 、2 ：77 — 87 頁，台北，1980 、9 。

❼ 同❺。

牀 dʒ′ 仄 → tʃ、ʃ ——→ ㄓ tʂ（其他）、ㄕ ʂ（止攝開口）
　　　平 → tʃ′ ——→ ㄔ tʂ′

澄 de′ ——→ dʑ′ ——→ dʒ′ 仄 → ㄓ tʂ
　　　　　　　　　　　平 → ㄔ tʂ′

日 ȵ ——→ ʑ ——→ ㄖ ʑ
（止攝開口之外）

以上照系、莊系、知系（娘紐變化見⑤組）及日紐等十三個聲紐的演化，主要依據董同龢《漢語音韻學》（149、155、211—213頁）及王力《漢語史稿》（116—117頁）說法。清塞聲、塞擦聲及擦聲的演化較單純，先是照穿審併入莊初疏，這在三十六字母時代就是如此；然後知徹二紐也併入莊初，最後知、莊、照三系合併爲一，鄭再發說這種現象，最早可能出現在元代陳晉翁的《韻指掌圖節要》一書中❽。至於它們三系再演化讀成舌尖後音的階段，王力認爲大約在十五世紀以後才算全部完成，他並且解釋說，因爲在《中原音韻》（1324）裏，這一類字還有大部份沒有變爲捲舌音。

全濁的神、禪、牀、澄演化比較複雜，也有一些例外，不過從澄紐的演化可以看出，它先變成舌面前音，然後再變舌尖面音，最後依平、仄的不同，分別變成舌尖後的送氣與不送氣，與清聲的演化無異。日紐的舌面前鼻聲，先變成同部位的擦聲，最後再變成現代國語的舌尖後擦聲，董同龢說當ȵ→ʑ時，原來讀ʑ的禪紐，應該已變作別的音了，否則日紐豈不是要先變成禪紐，

---

❽ 見<漢語音韻史的分期問題>，643頁。

再變成現代國語的〔ㄖ-〕嗎？

此外董氏也在他的中古聲母與國語聲母比較表中，說明知系與莊系的兩個例外，其一，在梗攝入聲二等的知紐讀〔tS-〕、徹讀〔tS'-〕、澄仄聲讀〔tS-〕，都是舌尖前音，與梗入二等之外都讀舌尖後音（如前舉）不同；其二，在深攝及梗、曾、通三攝入聲的莊讀〔tS-〕、初讀〔tS'-〕、牀仄聲讀〔tS-〕、疏讀〔S-〕，也是舌尖前音。以上兩組例外，在知、莊系的演化，應該算是少數。而知、莊、照系大多數演化爲舌尖後音，我們也可以稱它爲「捲舌化」。

⑤　舌尖中音的演化

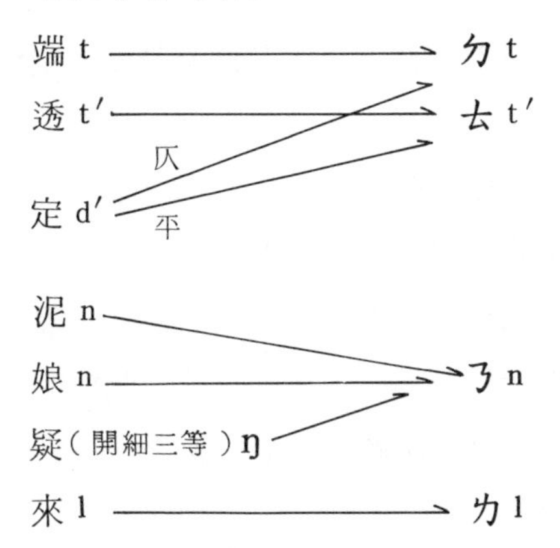

這一組的演化較簡單，全濁定紐清化後，分別讀成相應的清聲〔t-〕與〔t'-〕。三十字母裏缺娘紐，三十六字母却有了，董同龢說有人疑心三十六字母是湊足舌上音次濁空缺，人爲的補上娘紐，何況多數方言，泥與娘讀音並無不同❾。而它們演化成

❾ 見《漢語音韻學》，145 頁。

現代國語，讀音也是相同，讀做舌尖中鼻音。此外疑紐在中古是舌根鼻音，大多數的字現代國語都讀成零聲母（詳下一組⑥），祇有在開口細音的三等字，才讀成舌尖的〔 n- 〕。

⑥ 零聲母化

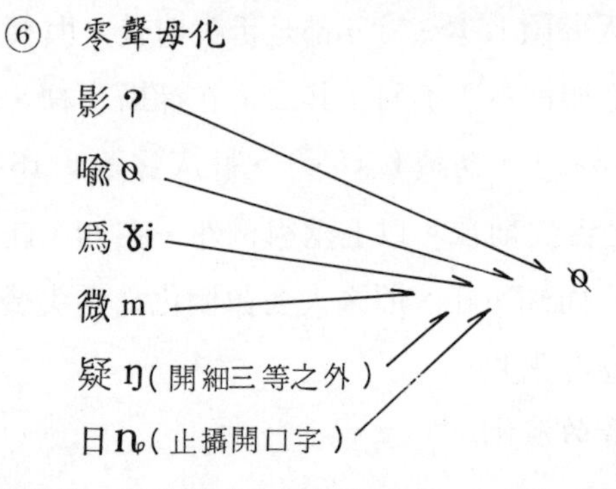

除了疑、日兩紐是有條件之外，其餘都是變成現代國語零聲母的主要來源。最早是喻、爲兩紐合併，時間約在十世紀，也就是三十六字母時代，它們是不分的。其次是影紐與疑紐，也在十至十四世紀間轉成了零聲母，而影、疑與喻、爲的合流，在《中原音韵》裏已表現得極爲清楚。微紐則在十七世紀時零聲母化，這種現象，最早見於徐孝的《重訂司馬溫公等韵圖經》（1602）⑩。至於日紐的止攝字，也在徐孝的書中讀成零聲母，可見在十七世紀時，才零聲母化。

現代國語聲母的來源

根據以上的分析，我們可以歸納現代國語是由哪些中古聲母

⑩ 以上說法，除見於王力、鄭再發兩位先生的文章外，亦可參考友人竺家寧兄的＜國語不是北平話＞（≪古音之旅≫，129 頁）中所論。

變來？而且可以很清楚的看出，它們之間的來龍去脈，對我們明瞭現代國語聲母的形成，有很大的助益。下面各組來源之後列一些例字⓫，以供參考。

⑦　ㄅ〔P-〕的來源

幫〔P-〕　巴補貝悲保，班鞭賓奔幫，播北百逼碧。

並〔b'-〕仄聲　捕敗倍鮑婢，便伴笨傍棒，別拔弼脖僕。

⑧　ㄆ〔P'-〕的來源

滂〔P'-〕　坡普拋飄派，品盼偏烹聘，譬潑僻匹撲。

並〔b'-〕平聲　婆排皮蒲爬，盤貧旁朋平。

⑨　ㄇ〔m-〕的來源

明〔m-〕　摩痲模買某，慢免滿門忙，滅沫密陌木。

⑩　ㄈ〔f-〕的來源

非〔P-〕　夫非否廢甫，反粉方風封，法發福弗複。

敷〔P'-〕　敷肺妃副撫，番紛訪豐蜂，拂彿覆蝮肺。

奉〔b'-〕　符肥浮負吠，范煩份房馮，乏伐佛縛伏。

⓫　例字見王力，≪漢語史稿≫，117－133頁。

⑪ ㄉ〔 t 〕的來源

端〔 t- 〕 多都底倒雕，單典短當等，德的督得掇。

定〔 d'- 〕仄聲 舵杜怠弟隊，電段誕定蕩，毒狄度達奪。

⑫ ㄊ〔 t'- 〕的來源

透〔 t'- 〕 泰推討偷土，吞天坦桶聽，貼托鐵剔忒。

定〔 d'- 〕平聲 苔題陶投條，填團唐談停。

⑬ ㄋ〔 n- 〕的來源

泥〔 n- 〕 奈農奴能乃，嫩難暖腦寧，訥涅諾妠惄。

娘〔 n- 〕 孋尼女拏紐，赧撓釀黏儜，搦暱妠匿吶。

疑〔 ŋ- 〕開細三等 牛擬倪，逆齧孽。

⑭ ㄌ〔 l- 〕的來源

來〔 l- 〕 呂離盧老聊，領連藍林良，裂粒力祿略。

⑮ ㄍ〔 K- 〕的來源

見〔 K- 〕洪 果故瓜高貴，綱功甘觀跟，谷革割骨括。

群〔 g'- 〕仄、洪 跪櫃匱，共。

⑯ ㄎ〔 K'- 〕的來源

溪〔 K'- 〕洪 扣苦凱盔課，匡抗看砍墾，刻闊窟哭渴。

群〔 g'- 〕平、洪　逵葵，狂。

⑰ ㄏ〔 X- 〕的來源

曉〔 X- 〕洪　灰好吼化虎，罕昏荒烘轟，黑喝豁忽霍。

匣〔 ɣ- 〕洪　何胡孩厚話，旱桓杭皇宏，合活鶴劃斛。

⑱ ㄐ〔 tɕ- 〕的來源

精〔 tS- 〕細　濟酒借祭蛆，剪津漿精尖，接爵稷績節。

從〔 dZ'- 〕仄、細　就聚，漸匠盡踐靜，集絕籍寂疾。

見〔 K- 〕細　居機嘉郊救，簡金肩緊姜，吉訣角菊潔。

群〔 g'- 〕仄、細　技柩懼巨轎，近倦競郡健，局竭傑及劇。

⑲ ㄑ〔 tɕ'- 〕的來源

清〔 tS'- 〕細　秋悄妻趣趨，青侵遷親淺，妾緝戚鵲漆。

從〔 dZ'- 〕平、細　樵，泉秦牆晴前。

溪〔 K'- 〕細　氣丘棄企契，羌卿傾圈欷，却曲怯泣闋。

群〔 g'- 〕平、細　喬球耆騎瞿，乾強窮琴潛。

⑳ ㄒ〔 ɕ- 〕的來源

心〔 S- 〕細　笑秀細需絮，星相荀宣暹，惜析媳膝雪。

邪〔 z- 〕細　袖緒徐敍序，尋涎詳旋旬，習夕續席襲。

曉〔 x 〕細　孝休熙戲蝦，訓向兇險顯，旭歇畜脅血。

匣〔 ɣ 〕細　校系暇下霞，巷現嫌幸銜，穴學洽協轄。

㉑ ㄓ〔 tʂ- 〕的來源

照〔 tɕ- 〕　主制芝詔舟，終徵震專斟，燭隻織酌質。

莊〔 tʃ- 〕　債齋阻詐渣，裝盞斬榛爭，責窄捉紮眨。

知〔 ȶ- 〕　置朝株肘追，展珍脹貞忠，竹摘劄哲窒。

牀〔 dʒʻ- 〕仄，止開之外　乍助，棧狀，鍘鐲。

澄〔 ȡʻ- 〕仄　紂雉柱住治，賺仗陣篆重，值秩着轍蟄。

㉓ ㄔ〔 tʂʻ- 〕的來源

穿〔 tɕʻ- 〕　車處炊醜齒，川昌蠢充廠，綽赤尺觸斥。

初〔 tʃʻ- 〕　初差吵楚釵，懺鏟襯窗創，插察。

徹〔 ȶʻ- 〕　超抽丑恥褚，趁撐逞寵暢，戳飭拆畜徹。

禪〔 ʑ- 〕平　垂酬仇，晨純嘗丞誠。

牀〔 dʒ'- 〕平　　查鋤豺巢愁，潺牀崇。

澄〔 ȡ'- 〕平　　茶馳潮稠除，塵腸蟲傳沉。

神〔 dʑ'- 〕平　　船脣乘。

㉓ 尸〔 ʂ- 〕的來源

審〔 ɕ- 〕　　書賒始少首，閃扇傷聲申，攝濕室束釋。

疏〔 ʃ- 〕　　沙使率瘦衰，山栓省笙杉，霎殺刷朔瑟。

神〔 dʑ'- 〕　　蛇示射，神盾剩，實術蝕。

禪〔 ʑ- 〕　　匙市誰樹售，尚盛善甚贍，碩淑屬拾涉。

牀〔 dʒ'- 〕仄、止、開　　士事。

㉔ 日〔 ʐ- 〕的來源

日〔 ȵ- 〕　　汝乳柔如饒，冉任撚刃仍，褥肉若熱日。

㉕ ㄗ〔 ts- 〕的來源

精〔 ts- 〕洪　　宰最梓早走，遵增總贊蹤，卒作則足。

從〔 dz'- 〕仄、洪　在罪字坐造，贈藏臟，雜昨鑿賊族。

莊〔 tʃ- 〕　　輜鄒。

牀〔 dʒ' 〕仄　　驟。

㉖ ㄘ〔 ts'- 〕的來源

清〔 ts'- 〕洪　　猜搓脆操錯，參燦村倉聰，促猝擦撮。

從〔 dZ'- 〕平、洪　財疵瓷曹裁，蠶慚存藏從。

初〔 tʃ'- 〕　廁篡。

牀〔 ʤ'- 〕平　岑

㉗ 厶〔 S- 〕的來源

心〔 S- 〕洪　蘇四叟鎖素，散算損僧桑，薩索塞速夙。

邪〔 Z- 〕洪　似隨祀穗飼，松誦頌訟，俗。

疏〔 ʃ- 〕　俟所搜蒐，森，澀縮。

㉘ 零聲母〔 ɑ- 〕的來源

影〔 ʔ- 〕　哀毆，暗恩，惡扼；伊憂，飲煙，揖謁；蛙委，碗溫，握沃；於迂，怨擁，鬱郁。

喻〔 ɑ- 〕　耶搖，演養，翼易；維惟；餘榆，允孕，閱育。

爲〔 ɣj- 〕　有矣，炎永；胃帷，王旺；雨禹，員運，域越。

微〔 m- 〕　無尾務味巫，亡吻挽問妄，襪物勿。

疑〔 ŋ- 〕開細三之外　礙蛾，岸昂，鄂額；議咬，驗迎，業；我午，玩頑；御娛，願元，月岳。

日〔 ȵ- 〕止、開　兒爾而耳餌。

4-2　韵　母

《廣韵》韵尾的演化

依照前面 2-4《廣韵》韵類的擬音來看,韵尾有入聲〔-P〕、〔-t〕、〔-K〕,陽聲〔-m〕、〔-n〕、〔-ŋ〕,陰聲〔-i〕、〔-u〕等八類。現代國語的韵尾僅剩下〔-n〕(ㄢ、ㄣ)、〔-ŋ〕(ㄤ、ㄥ)、〔-i〕(ㄞ、ㄟ)、〔-u〕(ㄠ、ㄡ)四類。其餘的四類，在不同的時期中都已消失，以下分別敍述。

① 塞聲尾消失

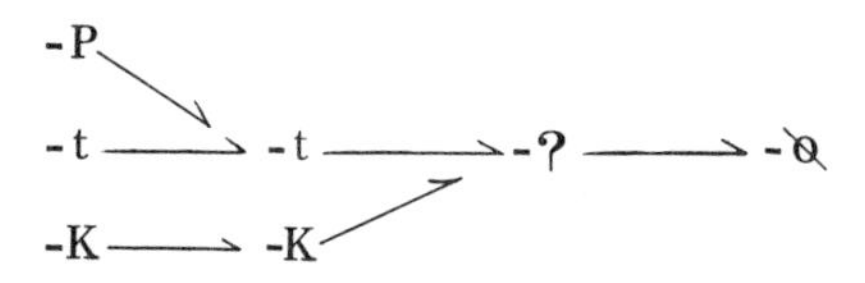

〔-P〕是双脣清塞聲，〔-t〕是舌尖中清塞聲，〔-K〕是舌根清塞聲，有這些韵尾的字必定是入聲字。但是它們在近代北方話中分別消失。首先是〔-P〕尾的消失，元代黃公紹的《古今韵會》(1292 以前),保存收〔-t〕和〔-K〕尾的字，而〔-P〕尾字則合併入收〔-t〕尾中。其次〔-t〕和〔-K〕變成喉塞聲尾〔-ʔ〕時間很短，算是一個過渡時期。然後在周德清的《中原音韵》(1324)中，所有塞聲韵尾全部不見了⓬，也就是變成了一個零韵尾〔-ø〕。今天國語的情況，可以說差不多與

⓬ 以上說見王力,《漢語史稿》,134 頁。

《中原音韵》相同，所有中古的入聲字，幾乎都讀成零韵尾了。

② 双唇鼻音尾消失

-m ——→ -n

〔 -m 〕是一個双唇鼻聲尾，在《中原音韵》裏還保存有侵尋、監咸、廉纖三個韵來看，十四世紀的北方話中還是有〔 -m 〕尾的。當然也有個別情況產生，像《廣韵》屬〔 -m 〕尾的「品」（寑韵）、「凡帆」（凡韵）、「範范犯」（范韵）、「泛」（梵韵）等字，在《中原音韵》裏也被歸入收〔 -n 〕尾的眞文、寒山韵中。品等字所以較早變成〔 -n 〕尾，主要是它們的聲母都是脣音，與韵尾〔 -m 〕因異化作用而變成〔 -n 〕尾⑬。有關〔 -m 〕尾的消失，首先見於明代李登撰的《書文音義便考私覽》（ 1586 ）一書⑭，而徐孝《重訂司馬溫公等韵圖經》（ 1602 ）書中，已經很明顯的把中古收〔 -m 〕的深、咸兩攝字，分別歸入收〔 -n 〕的臻、山兩攝。一直到現代國語都是如此，已經見不到有〔 -m 〕收尾的陽聲字。

中古入聲〔 -P 〕、〔 -t 〕、〔 -K 〕，以及陽聲〔 -m 〕尾的消失，在北方話及現代國語是如此，但是其他方言區並不盡如此，直到今天某些閩南語、閩北語、客家話、吳語、粵語中都有程度不同的保留。我們不能因爲在現代國語中看不到那些消失的韵尾，就誤以爲〔 -P 〕、〔 -t 〕、〔 -K 〕、〔 -m 〕尾，早在歷史上失去了蹤迹，這是値得特別留意的事。

---

⑬ 見王力，《漢話史稿》，135 頁。

⑭ 見鄭再發，<漢語音韵史的分期問題>，643 頁。

《廣韻》介音的演化

③　開口變合口

前面談過了韻尾的演化，以下開始說明韻頭的變化情況。現代國語有〔 -ɑ- 〕、〔 -i- 〕、〔 -u- 〕、〔 -y- 〕四種韻頭，分別稱做開、齊、合、撮；中古音的韻頭也有〔 -ɑ- 〕、〔 -i 〕⓯、〔 -u- 〕、〔 -iu 〕的不同，習慣上稱做開洪、開細、合洪、合細。本組所謂開口變合口，是指中古的開洪演化成現代國語的合口呼而言。王力舉《廣韻》歌、鐸兩韻的字做例子。

多 tɑ → tuo　挪 nɑ → nuo　羅 lɑ → luo　左 tSɑ → tSuo
（歌韻）

託 t'ɑk → t'uo　鐸 d'ɑk → tuo　洛 lɑk → luo　錯 tS'ɑk → tS'uo 索 Sɑk → Suo　（鐸韻）

各字現代都讀成合口呼，與《廣韻》擬音做開口洪音有異。所以會在主要元音前多出一個〔 -u- 〕介音，王力解釋它的演變原因是，變成〔 o 〕時它的部位很高，容易轉化爲一種發達的複合元音〔 uo 〕⓰，也就是說演化過程爲：

-ɑ ——→ -o ——→ -uo

中間變〔 -o 〕的階段，是一個過渡，最後就變成現代國語的合

⓯ 前面2-4《廣韻》的擬音，三等韻用［ -j- ］與四等韻［ -i- ］有別，以下爲說明方便，完全以［ -i- ］來代表，合口細音同。

⓰ 見《漢語史稿》，138頁。

口洪音。

④　合口變開口

介音〔 -u- 〕在語音發展過程中丟失，最後變成了開口字，在方言中是常有的事。現代國語則較多見於脣音字，例如：

潘 P'uan → P'an　盤 b'uan → P'an　瞞 muan → man

（桓韻）

波 Pua → Po　頗 P'ua → P'o　婆 b'ua → P'o　摩 mua → mo

（戈韻）

脣音字與〔 -u- 〕韻頭相鄰，兩者發音稍微類似，因此產生異化作用，就把韻頭〔 -u- 〕排斥掉，形成了開口字。此外《廣韻》灰、魂韻（舉平以賅上去入）的泥、來兩紐，亦有類似的〔 -u- 〕失落，現代國語也都讀成開口字，如：

內 nuAi ⑰ → nei（隊韻泥紐）雷 luAi → lei（灰韻來紐）

嫩 nuən → nən（慁韻泥紐）

當然也有不變的字，如論 luən（魂韻來紐），現代國語仍然讀合口的〔 luən 〕。可見語音的演變是各有它的條件，不能一概而論。

⑤　洪音變細音

這是指本來沒有韻頭的開口字，在發展過程中插入了韻頭〔 -i- 〕，因此形成細音的現象。王力認爲所以產生，必須有兩個條件：㈠是影曉匣見溪疑六個聲紐；㈡必須是二等韻，如江佳皆刪山肴咸銜麻庚耕及其相承的上去入聲 ⑱。舉例如下：

---

⑰ 凡是與王力不同的擬音，都是據本書2-4韻類擬音所改。下同。

⑱ 見《漢語史稿》，136 — 137 頁。

街 kæi → tɕie　鞋 ɣæi → ɕie　崖 ŋæi → iai（佳韵）

界 kɐi → tɕie　械 ɣɐi → ɕie（皆韵）

奸 kan → tɕian　雁 ŋan → ian（刪韵）

轄 ɣat → ɕia（鎋韵）

間 kæn → tɕian　眼 ŋæn → ian　限 ɣæn → ɕian（山韵）

交 kau → tɕiau　巧 k'au → tɕ'iau　孝 Xau → ɕiau（肴韵）

巖 ŋam → ian　鑑 kam → tɕian（銜韵）

鴨 ʔap → ia（狎韵）

王力並且認爲，應該是先產生韵頭〔-i-〕，然後聲母〔K-〕、〔K'-〕、〔X-〕受〔-i-〕影響變成〔tɕ-〕、〔tɕ'-〕、〔ɕ-〕；而不是先產生了〔tɕ-〕、〔tɕ'-〕、〔ɕ-〕，然後元音〔a〕受〔tɕ-〕、〔tɕ'-〕、〔ɕ-〕的影響才生出韵頭〔-i-〕來。至於爲什麼祇在上列兩個條件下才會變化，王力也解釋說，是舌根音和喉音在元音〔a〕（或ɐ、ɔ、æ）前面時，〔a〕和輔音之間逐漸產生一個短弱的〔-i-〕（帶半元音性質的）。此類變化，現代國語出現的現象算來並不多，現代方言亦是如此。

⑥　細音變洪音

最常見的現象，在國語聲母由知、莊、照系變成舌尖後音時，它後面所接的韵頭若爲細音時，必然因異化作用使細音消失變成洪音字。例如：

中 ȶiuŋ → tʂuŋ　充 tɕ'iuŋ → tʂ'uŋ　蟲 ȡ'iuŋ → tʂ'uŋ（東韵）

支 tɕie → tʂï　馳 ȡ'ie → tʂ'ï（支韵）

師 ʃiei → ʂï（脂韻）

珍 ȶien → tʂən　神 dʑ'ien → ʂən　申 ɕien → ʂən（眞韻）

哲 ȶiæt → tʂə　徹 ȶ'iæt → tʂ'ə　設 ɕiæt → ʂə（薛韻）

東韻中、充、蟲三字，中古屬於合口細音；支、脂、眞、薛各韻，都屬開口細音。它們原來都有介音〔-i-〕，因爲前接的聲母變成了舌尖後的塞擦聲及擦聲〔tʂ-〕、〔tʂ'-〕、〔ʂ-〕，而舌尖後的部位與〔-i-〕介音較不能相容，因此異化作用後就把細音的〔-i-〕排斥掉，最後細音變成了洪音，有合口的洪音，也有開口的洪音。其中支、脂韻的字，甚至變成了舌尖元音〔-ï〕⑲，就是國語注音符號的「ㄭ」韻（現在拼音都把它省略不用），也是洪音的一種。舌面元音變成舌尖元音，也出現在止攝精系字，如之韻的茲 tSi → tSï、慈 dZ'i → tS'ï、思 Si → Sï，雖然聲母是舌尖前，仍然會使韻母由細音變成洪音。

此外在非系字由双唇變成脣齒時，也會使原來的介音〔-i-〕消失，最後變成洪音。例如：

封 Piuoŋ → fəŋ　逢 b'iuoŋ → fəŋ（鍾韻）

非 Piuəi → fei　菲 P'iuəi → fei（微韻）

分 Piuən → fən　汾 b'iuən → fən（文韻）

法 Piuɐp → fa　乏 b'iuɐp → fa（乏韻）

⑦ **江宕兩攝的特殊演化⑳**

陽韻的莊系字與江韻的知、莊系字，它們演化之後都讀合口

---

⑲ 舌尖元音〔-ï〕的產生，最早見於《中原音韻》（1324）。

⑳ 本類的舉例見王力，《漢語史稿》，141—142頁。

呼，例如：

莊 tʃiaŋ → tʂuaŋ　瘡 tʃ'iaŋ → tʂ'uaŋ　牀 dʒ'iaŋ → tʂ'uaŋ

霜 ʃiaŋ → ʂuaŋ（陽韵）

樁 ȶɔŋ → tʂuaŋ　窗 tʃ'ɔŋ → tʂ'uaŋ　雙 ʃɔŋ → ʂuaŋ

（江韵）

王力認爲江韵的演化，由開口變合口時經過一個齊齒的階段，如雙 ʃɔŋ → ʃaŋ → ʃiaŋ → ʂuaŋ 是如此演化，所以它與陽韵的莊系字都是齊齒變合口。

另外覺、藥兩韵，是江、陽的入聲字，它們演化到現代國語也是混同，由齊齒變撮口，例如：

覺 kɔk → kak → kiak → kiɔ → tɕye　確 k'ɔk → tɕ'ye

岳 ŋɔk → ye　學 ɣɔk → ɕye（覺韵）

脚 kiak → kiɔ → tɕye　却 k'iak → tɕ'ye　虐 ŋiak → nye

約 ʔiak → ye　藥 ɐiak → ye　爵 tSiak → tɕye　鵲 tS'iak → tɕ'ye　削 Siak → Sye　略 liak → lye（藥韵）

王力說覺、藥韵的變化，有此情況的祇出現在「見溪疑影曉匣來及精系字」，覺韵原來是開口洪音，但中間曾經變成齊齒，最後與藥韵字混同，都讀成撮口呼。

《廣韵》主要元音演化舉例

以上介紹了韵尾與韵頭的演化，在韵母中剩下韵腹即主要元音未說明。但是主要元音，現代國語祇有〔a〕、〔o〕、〔ɣ〕、〔ə〕、〔e〕、〔i〕、〔u〕、〔y〕、〔ï〕；中古音則比較複雜，各家擬音不同而有差異，若以前面2-4的《廣韵

》擬音爲例，計有主要元音〔 u 〕、〔 o 〕、〔 ɔ 〕、〔 e 〕、〔 i 〕、〔 ə 〕、〔 A 〕、〔 ɑ 〕、〔 ɐ 〕、〔 æ 〕、〔 a 〕、〔 ɛ 〕等十二個，比現代國語複雜許多。如果要一一介紹十二個中古主要元音，它們如何演化成現代國語，旣冗長又沒有必要。以下僅舉中古以〔 a 〕爲元音的各韻做例子，看看它們演化成現代國語有何不同。

⑧ 以「a」為元音的演化

麻韵	a	ua	ja
刪韵	an	uan	
鎋韵	at	uat	
夬韵	ai	uai	
銜韵	am		
狎韵	ap		

上列各韵，除麻韵的〔 -ja 〕係三等韵外，其餘都是二等韵，開口無介音，合口有〔 -u- 〕介音。麻韵的二等字，開口字現代國語多數仍讀〔 a 〕，如巴爬麻茶拏叉鯊，其中祇有見系及影曉匣才讀成〔 -ia 〕，如嘉牙遐，但主要元音仍然不變是〔 a 〕。麻韵的合口二等字，則不變一律讀〔 -ua 〕。麻韵開口的三等韵，現代國語變化較多，精系字與喩紐讀〔-ie 〕，如嗟些邪耶；照系則讀〔 -ɤ 〕，如遮車蛇奢等是。

與麻韵比較，刪韵以下各韵的變化較少。刪韵開口字仍然讀〔 -an 〕或〔 -ian 〕，如姦顏刪，合口則讀〔 -uan 〕，如關彎還；合口的脣音則因異化作用改讀開口〔 -an 〕，如班攀蠻。鎋韵是入聲字，現代國語沒有韵尾〔 -t 〕，與相承的陽聲相同，開口讀〔 -a 〕或〔 -ia 〕，如捌獺殺鍩瞎；合口則讀〔 -ua 〕如刮刷。夬韵是陰聲韵，演化到現代國語沒有太大變化，開口仍讀〔 -ai 〕，如寨欬；合口字則保存〔 -uai 〕的讀法，如夬快獪；合口脣音因異化作用改讀開口〔 -ai 〕，如敗邁；合口匣紐字則變讀爲〔 -ua 〕，如話字。銜韵是收双脣鼻聲尾〔 -m 〕， 現代國語已讀舌尖鼻聲尾〔 -m 〕，所以銜韵字多數讀〔 -an 〕，如攙衫；衹有見系及匣紐讀〔 -ian 〕，如監巖銜。狎韵原有双脣塞音尾〔 -P 〕， 現代國語已經消失，所以與相承的平聲銜韵一樣，有讀〔 -a 〕者，如翣；亦有讀〔 -ia 〕，如甲鴨狎等是。

因爲演變的條件不同，所以由中古到國語的變化也就不盡相同，尤其在中古同一個韵中，現代國語有幾種不同主要元音，那是不足爲奇的。

現代國語韵母的來源舉例

以上是就中古音的韵母，分韵頭、韵腹、韵尾的不同，介紹它們演化成現代國語的情形。下面歸納現代國語韵母來源時，衹能抽樣性的舉陽聲與陰聲各一例說明，其餘可以參考王力《漢語史稿》144 — 192 頁。

⑨ ㄥ〔 -əŋ 〕、ㄧㄥ〔 -iŋ 〕、ㄨㄥ〔 -uŋ 〕、ㄩㄥ〔 yuŋ 〕的來源

國語ㄥ是陽聲韵母，從中古梗曾通三攝變來，它們的舌根鼻聲尾不變，韵頭的介音則因受聲母及本身洪細的影響而有變化，

它們演化如下㉑：

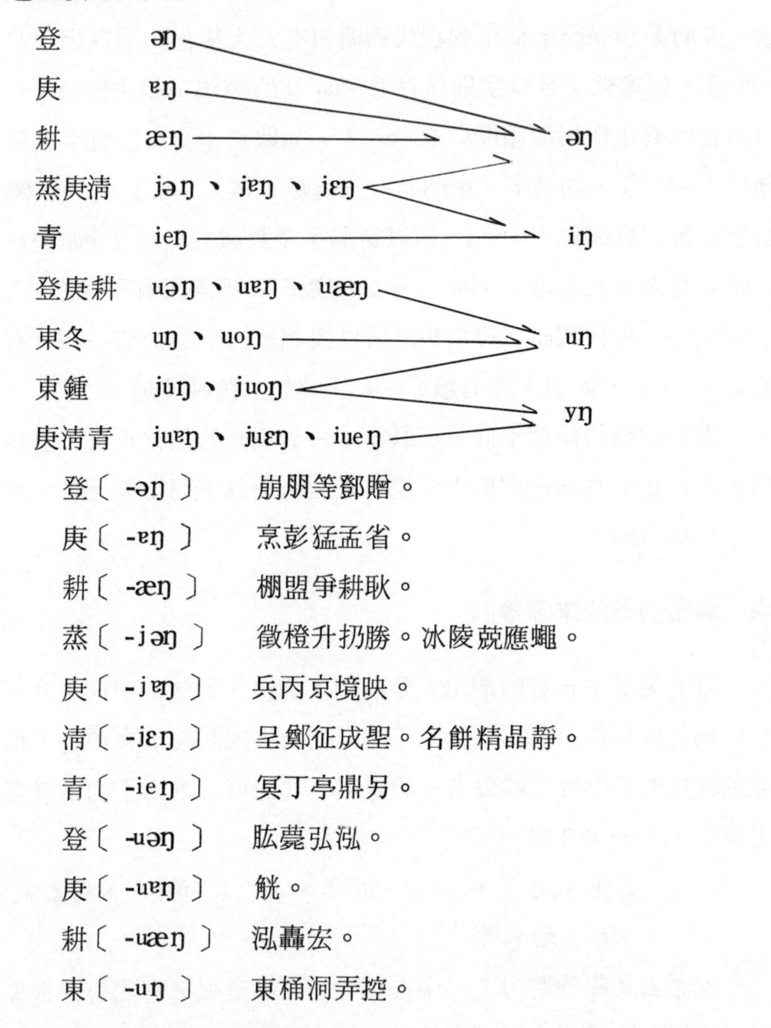

登〔-əŋ〕 崩朋等鄧贈。

庚〔-ɐŋ〕 烹彭猛孟省。

耕〔-æŋ〕 棚盟爭耕耿。

蒸〔-jəŋ〕 徵橙升扔勝。冰陵兢應蠅。

庚〔-jɐŋ〕 兵丙京境映。

清〔-jɛŋ〕 呈鄭征成聖。名餅精晶靜。

青〔-ieŋ〕 冥丁亭鼎另。

登〔-uəŋ〕 肱薨弘泓。

庚〔-uɐŋ〕 觥。

耕〔-uæŋ〕 泓轟宏。

東〔-uŋ〕 東桶洞弄控。

㉑ 演化圖及舉例見王力《漢語史稿》，188 — 192 頁，部份中古擬音則據本書 2-4 所改。

冬〔 -uoŋ 〕　統農宗鬆宋。

東〔 -juŋ 〕　隆嵩中衆統。穹窮熊雄。

鍾〔 -juoŋ 〕　龍縱頌衝種。胸匈雍勇用。

庚〔 -juɐŋ 〕　兄永詠泳。

淸〔 -juɛŋ 〕　瓊。

青〔 -iueŋ 〕　坰扃迥炯。

⑩　ㄚ〔 -a 〕、ㄧㄚ〔 -ia 〕、ㄨㄚ〔 -ua 〕的來源

國語ㄚ是陰聲韵母，它的中古來源，除了陰聲的佳麻韵外，也有由入聲收〔 -t 〕、〔 -P 〕尾變化而來的字，它們變化關係如下㉒：

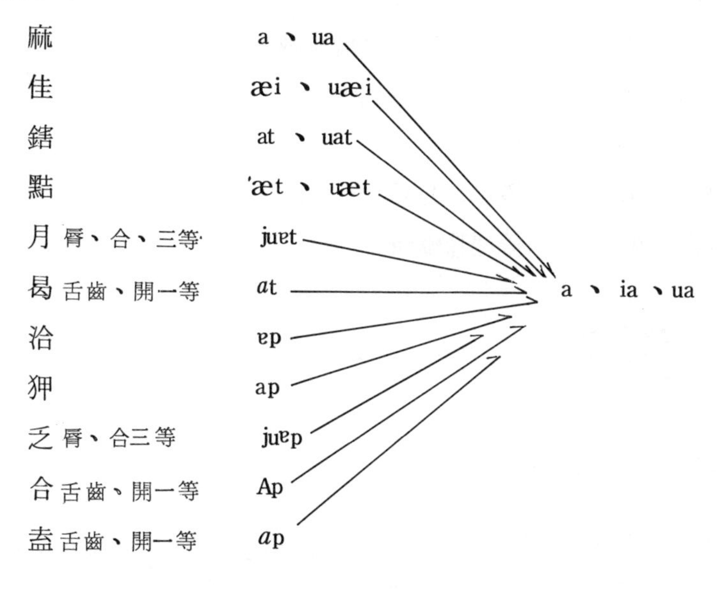

㉒ 見王力，《漢語史稿》，144 — 146 頁，部份擬音則據本書 2-4 所改。

麻〔 -a 〕 茶差沙乍怕。家假下價亞。

麻〔 -ua 〕 要瓜花寡誇。

佳〔 -æi 〕 罷灑。佳。

佳〔 -uæi 〕 蛙卦掛畫。

鎋〔 -at 〕 鍘。瞎轄。

鎋〔 -uat 〕 刷、刮。

黠〔 -æt 〕 札察殺八拔。軋。

黠〔 -uæt 〕 滑猾挖。

月〔 -juɐt 〕 髮發伐罰襪。

曷〔 -at 〕 獺達辣撒薩。

洽〔 -ɐp 〕 劄眨插霎。夾恰狹峽洽。

狎〔 -ap 〕 霎。甲匣鴨押壓。

乏〔 -juɐp 〕 法乏。

合〔 -Ap 〕 答踏納拉雜。

盍〔 -ɑp 〕 塔榻臘蠟卅。

4-3 聲 調

《廣韻》聲調的演化

中古的平上去入四個聲調，現代國語演化成陰平、陽平、上、去也是四個調。它們之間的演變，可以圖示如下：

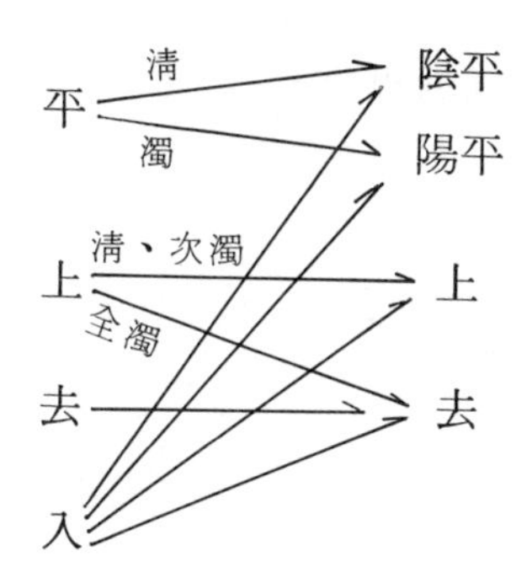

此中平聲的分化較早，大約在北宋邵雍的《皇極經世聲音唱和圖》就已出現，全濁上聲歸去聲與北方話入聲變爲其他調，則全面出現於元代周德清的《中原音韻》㉓。但是個別的情況，比較早就已經出現了，例如韓愈（768—824）的〈諱辯〉說：「周之時有騏期，漢之時有杜度，此其子宜如何諱？將諱其嫌，遂諱其姓乎？」他認爲杜（徒古切，姥韵）度（徒故切，暮韵）同音，難以避諱，可見在八世紀以前濁上就已歸去㉔。

中古的平聲字，演化成現代國語是受聲母清濁條件的影響，清聲（全清、次清）字變陰平，濁聲（全濁、次濁）字變陽平。上聲字的聲母若是全濁，現代國語讀去聲，其他的次濁及全清、次清字不變，仍讀上聲。入聲字因爲聲調在國語已經消失，所以分別變入陰平、陽平、上、去四個調。它們演化的條件，祇有次濁較明確讀爲去聲，全濁讀陽平與去聲，全清與次清則變化無定，也就是四個聲調都可能出現。而中古的去聲，現代國語幾乎不

㉓ 見鄭再發，〈漢語音韵史的分期問題〉，643頁。

㉔ 見王力，《漢語史稿》，194頁。

變都讀去聲，這是各聲調中唯一特別的現象。

現代國語聲調的來源

以下歸納現代國語四個調的中古來源：

① 陰平的來源

平全清　悲章彬煙戈。
平次清　丕香峯天科。
入全清　隻八撥郭摘。
入次清　刷缺託吸七。

② 陽平的來源

平全濁　貧洪庭愁凡。
平次濁　鄰蒙柔由嚴。
入全清　隔格博爵哲。
入次清　渴察拂昔叔。
入全濁　挾白席合別。

③ 上聲的來源

上全清　董彼等軫本。
上次清　孔侈采產侃。
上次濁　魯乳買眼晚。
入全清　卜髮篤谷乙。
入次清　塔雪尺乞郝。

④ 去聲的來源

上全濁　父社件造幸。
去　鳳智利寸況。

入全清　　必的稷祝厄。

入次清　　迫踏妾塞策。

入全濁　　弼秩術劇沓。

入次濁　　莫勿曆熱岳

綜合以上由聲母、韵母、聲調三方面的分析，我們可以簡單認識現代國語是如何由中古音演化而來。雖然有些變化極其零亂，似乎沒有什麼規則可循，但是大體的演變，我們仍能分別掌握。如果我們確實明瞭那些演化規則，並且有效的掌握它，那麼不但現代國語是怎麼形成可以清楚，就是其他時期或方言之間的變化規律，我們亦能分別的去體會。

如果就中古音與現代音的變化，我們可以很清楚的看出它們演化條件，就是(1)聲母的演化，受韵母介音（開合、等第）及聲調的影響；(2)韵母的演化，受聲母發音部位的影響；(3)聲調的演化，受聲母清濁的影響㉕。可見聲母、韵母、聲調三個部份，在語音演化的過程中，它們是彼此互相影響。因此把中古音及現代國語的聲韵調，仔細的分析清楚，並且能充分的掌握及利用，則古今語音的變化，必能瞭若指掌。屆時古音學不但能入其門，甚至得以登堂入室，則古音學神秘的面紗，將隨著除却，所謂玄虛含混之學的傳聞，必能不攻而破。

㉕ 見董同龢，《漢語音韵學》，210頁。

問題與討論

1. 現代國語與北平話有什麼關係？
2. 何謂「濁音清化」？演化的規律如何？
3. 爲什麼非敷奉三紐的變化，現代國語都讀爲脣齒擦音ㄈ？
4. 何謂「尖團音」？辨認它們之間的不同，有什麼方法？
5. 中古音會產生顎化的聲紐有哪些？它們是如何顎化？
6. 中古聲紐的照系、莊系、知系，演化成現代國語捲舌音的順序如何？
7. 現代國語的零聲母有哪些來源？
8. 中古入聲韵尾及双脣鼻聲尾如何演化？它們變成現代國語哪些韵尾？有無例外？
9. 現代國語的ㄓㄔㄕㄖ，爲什麼不與介音ㄧ或ㄩ相拼？能否從中古音的演化，說明它的產生現象？
10. 試比較《廣韵》與現代國語主要元音的異同。又舉《廣韵》其中一個元音爲例，說明它演化的情形。
11. 中古「平聲分化」及「濁上歸去」，各是什麼意義？
12. 中古入聲字，在現代國語讀成陰平、陽平、上、去四個調都有，其中有無演化的條件可以區別？

下編　上古音入門

1.　古韵分部的接力賽

1-1　沒有「古韵」觀念的時代

漢語語音的歷史通常分爲三個時期：上古音、中古音、近代音。而中古音是承先啓後的關鍵，以中古音作基礎，可以上推上古音，往下則求出近代語音的來源和形成規律。所以介紹古音知識，必需先弄清中古音，由中古音入門。本書前部既介紹了中古音，這部分開始就要進入上古的階段，談談先秦兩漢時代的古音，看看孔子時代的口音是怎樣的？

漢語語音的結構不外聲母、韻母、聲調三者，所以在上古音這部分裏，我們也按照這個類別來討論。由於上古韻母的問題最早被注意到，研究的學者最多，成果也最好，所以我們先談韻的問題，然後再說聲母和聲調。

上古韻母的問題又得從「古韻分部」開始說。原來，自魏晉六朝以後，語音演變，人們漸漸不了解上古音，以爲語音既是父祖相傳，怎麼會有不同呢？他們認爲先秦時代的語音和他們自己的語音應該是一樣的。可是，當他們閱讀《詩經》、《楚辭》，以及其他上古韻文時，用自己的古音去念，發現有些地方應該是押韻的，念起來卻不協韻，他們不曾想到這是上古音和他們口裏的中古音不同的緣故，卻千方百計由別的途徑來解釋這種不協韻的理由。一直到了清代，學者們才懂得著手去歸納上古的韻腳，把上古韻脚分成了很多不同的「部」，凡是可以相押韻的字屬同一部。這就是「古韻分部」的工作。這種對古韻的認識是經過一個漫長的發展過程才建立起來的，不是突然之間領悟出來的。我們可以把這個發展過程分爲三個階段：

⑴ 由魏晉六朝到宋代是沒有古韻觀念的時代。

⑵ 元明是古韻觀念萌芽的時代。

⑶ 清代是運用科學方法進行古韻分部的時代。

現在我們就來談談第一個階段。前面說過，中古時候的讀書人沒有上古音的觀念，對於用中古音念起來不協韻的情形，他們作了許多種猜想和解釋，主要有下列三種途徑：

1-1-1 叶 韵

這種方式是臨時改變一個可以協韻的念法，例如東晉徐邈（字仙民，東莞姑幕人，344-397）《毛詩音》在邶風日月首章：

日居月諸，照臨下土。

乃如之人兮，逝不古處。

胡能有定，寧不我顧。

他覺得「土、處」旣是上聲，那麼「顧」字在這首詩裏一定也臨時改讀成了上聲，於是，他在「顧」字下注明「音古」。至於不讀這首詩時，「顧」字仍念成去聲。

又如召南行露三章：

誰謂鼠無牙，何以穿我墉？

誰謂女無家，何以速我訟？

雖速我訟，亦不女從。

他覺得「墉、從」旣是平聲，那麼「訟」（似用切）字在這首詩裏一定也臨時改讀成了平聲，於是，他在「訟」字下注明「取韻音才容反」。「取韻」就是臨時改讀的意思。

又如梁沈重的《毛詩音》也是採用這種方式，邶風燕燕首章：

燕燕于飛，差池其羽。

之子于歸，遠送于野。

瞻望弗及，泣涕如雨。

他覺得「野」字念起來和「羽、雨」不協韻，於是把「野」字臨時改讀，注明「野，協句，宜音時預反」，「協句」也是臨時改讀的意思，把「野」字念成「時預反」就可以和「羽、雨」協韻了。

又在同詩的三章：

燕燕于飛，上下其音。

之子于歸，遠送于南。

瞻望弗及，實勞我心。

他覺得「南」字念起來和「音、心」不協韻，於是在「南」字下注明：「南，協句，宜音乃林反」，把「南」字臨時改讀成「乃林反」，就可以和「音、心」協韻了。

又如唐陸德明《經典釋文》在《詩經・召南采蘋》三章：

于以盛之？維筐及筥。

于以湘之？維錡及釜。

于以奠之？宗室牖下。

誰其尸之？有齊季女。

其中「筥、釜、女」都可以押韻，唯獨「下」字不協，於是他在「下」字下注明「協韻則音戶（侯古切）」，表示在這首詩中，「下」字臨時改念成「戶」的音，用來和「筥、釜、女」押韻。

到了宋代，這種讀古書的辦法仍然沿襲不改。最著名的，就是朱熹的《詩集傳》，他在召南行露二章：

誰謂雀無角（覺韻古岳切kɔk，朱子叶盧谷反luk）

何以穿我屋（屋韻烏谷切 ʔuk）

誰謂女無家（麻韻古牙切ka，朱子叶音谷kuk）

何以速我獄（燭韻魚欲切ŋjuok，朱子時代東鍾已混，念作ŋjuk，下同）

雖速我獄

室家不足（燭韻卽玉切tsjuok，朱子念作tsjuk）

由朱子對「角、家」二字的臨時改讀，可知朱子認爲這首詩是每句都押韵的，值得注意的是他把平日念作ka 的「家」字改讀成了kuk。在同詩的第三章：

誰謂鼠無牙（麻韻五加切ŋa，叶五空反ŋuŋ）

何以穿我墉（鍾韻餘封切 juoŋ，朱子念作 juŋ）

誰謂女無家（麻韻古牙切ka，叶各空反kuŋ）

何以速我訟（鍾韻祥容切zjuoŋ，朱子念作zjuŋ）

雖速我訟

亦不女從（鍾韻疾容切dz'juoŋ，朱子念作dz'juŋ）

這一章裏，他又把「家」字改讀成了kuŋ。顧炎武批評他說：

一家也，忽而谷，忽而公，歌之者難為音，聽之者難為耳矣。此其病在乎以後代作詩之體，求六經之文，而厚誣古人以謬悠忽怳不可知不可據之字音也。

一個字音可以隨意改讀，的確是難以想像的。但是在不了解古韻的時代，這也是無可奈何的事。

1-1-2　改　字

唐開元年間的某一天，玄宗夜讀《尚書・洪範》，發現其中皆是每兩句互押一個韻，只有「無偏無頗，遵王之義」念起來不協（頗念 p'ua ，義念 ŋje ），於是把「頗」字改成「陂」（音 pje ）字，以求相協。他不了解「頗、義」二字在《尚書》的時代都具有〔a〕的主要元音（同屬上古歌部），原本就是相協的。這點，我們從兩字的聲符上也可以體會出來。自從玄宗以任意改動經書的方式閱讀古代韻文，一時之間，改字成了風氣。顧炎武<答李子德書>曾列出很多這樣的例子：

(1)《易・漸上九》：「鴻漸于陸，其羽可用爲儀」

范諤昌（宋人）改陸爲逵，而不知古「儀」音「俄」。

(2)《易，小過上六》：「弗遇過之，飛鳥離之」

朱子改爲「弗過遇之」，而不知古「離」音「羅」。

(3)《易・雜卦》：「傳晉晝也，明夷誅也」

孫奕改「誅」爲「昧」，而不知古「晝」音「注」。

(4)《楚辭・天問》：「簡狄在台嚳何宜，玄鳥致詒女何嘉」

後人改嘉爲喜，而不知古「宜」音「牛何反」。

(5)《楚辭・招魂》：「魂兮歸來，北方不可以止些，增冰峨峨，飛雪千里些，歸來歸來，不可以久些」。

五臣《文選》作「不可以久止」，而不知古「久」音「几」。

(6)《老子》：「朝甚除，田甚蕪，倉甚虛，服文采，帶利劒，厭飲食，財貨有餘，是謂盜夸」

楊愼改爲「盜竽」，而不知古「夸」音「刳」。

這種改字的習慣，比叶韻改讀所造成的弊端要大，它使得古書失去了原貌，後人必需花很大功夫去考證、還原。

1-1-3 韻 緩

這種方式是認爲先秦用韻很寬，雖然不同韻，也可以勉強相押。這就是唐代陸德明提出的「古人韻緩」說。到了宋代，吳棫（字才老）作《韻補》更澈底發揮這個觀念，在《廣韻》兩百零六韻下注明「古通某」、「古轉聲通某」、「古通某或轉入某」，於是依他所注的歸併，上古只有九個韻：

(1)東（冬、鍾通，江或轉入）

(2)支（脂之微齊灰通，佳皆咍轉聲通）

(3)魚（虞模通）

(4)真（諄臻殷痕耕庚清青蒸登侵通，文元魂轉聲通）

(5)先（仙鹽添嚴凡通，寒桓刪山覃談咸銜轉聲通）

(6)蕭（宵肴豪通）

(7)歌（戈通，麻轉聲通）

(8)陽（江唐通，庚耕清或轉入）

(9)尤（侯幽通）

這樣的歸併，韻的確夠寬了，但是仔細看看上古押韻，仍然會超出這個界限。例如《詩經》泉水一章以「淇思姬媒」相押、沔水一章以「海止友母」相押、賓之初筵以「能又時」相押、生民以「祀子敏止」相押，這些押韻都超出了吳氏的第二部。那麼，用韻緩的觀念來解說古韻幾乎是無法定出界限的了，主要的癥結還是在以今律古，沒有正確的古韻觀念造成的。吳氏自己各部所收的字就漫無界限，和他所定的九部不能吻合。例如：

東部收「登、唐、徵、崩、分、方、朋、憑、馮、房、務、瞢、夢、尊、彰、讒、乘、繩、膺、薨、興、宏、湛、陵」等字。

支部收「加、嘉、歌、求、糾、義、議、誼、我、魚、逃、旄、波、浮、莎、多、春、鯊、疏、灑、憂、柯、禍、化、和、蛇、猷、悠、由、遊、運、羅、人」等字。

韻緩觀念的謬誤，由此可以明顯的看出來。

吳氏最嚴重的錯誤是他對「上古韻」的時代範圍十分模糊，他引申的材料共五十種，早的有周代就形成的經典，晚的有歐陽修、蘇東坡的作品：

詩、書、易、周禮、禮記、孔叢子、老子、左傳、國語、三略（兵書，凡三卷，題黃石公撰）、六韜（兵書，題姜太公撰，凡六卷）、國策、楚辭、荀子、吳子、史記、淮南子、易林（漢焦贛作）、列女頌（劉歆作）、太玄經（揚雄）、二十四箴（揚雄）、三墳書（一卷，道家說易之書）、蔡邕集、後漢書、白虎通（班固）、釋名、黃庭經（道經名，談養生）、急就章、三國志、漢魏文、陳琳文、阮籍文、晉書、陶潛文、山海經贊（晉郭璞作）、陸機、陸雲文、道藏歌詩、文選、類文、江淹集、玉台新詠、藝文類聚（類書、凡百卷、唐歐陽詢編）、韓、柳文、白居易文、文粹（宋姚鉉編）、歐陽修、蘇軾、轍文。

依據材料的如此雜亂，當然不會理出什麼結果了。後來顧炎武寫了一本《韻補正》，就是糾正吳氏的錯誤而作的。

宋鄭庠有《古音辨》一書，分古韻爲六部。其書已佚。從清夏炘的《詩古韻表廿二部集說》中可知鄭氏把古韻分爲六部：

⑴東冬江陽庚青蒸。

⑵支微齊佳灰。

⑶魚虞歌麻。

⑷眞文元寒刪先。

⑸蕭肴豪尤。

⑹侵覃鹽咸。

所列的韻母是「平水韻」。這六部比吳棫的九部還要更寬緩。有人把它和清儒的古韵分部放在一起談，認爲鄭氏的六部是古韵分部之始，這樣的觀點並不妥當，因爲鄭氏的六部仍是「韻緩」觀念下的產物，和清人科學化的整理古韵部在觀念上、方法上都不能相提並論。所以段玉裁說：「其說合於漢魏及唐之杜甫韓愈所用，而於周秦未能合也。」江有誥也說：「雖分部至少，而仍有出韵，蓋專就唐韻求其合，不能析唐韵求其分，宜無當也。」王力說：「只可惜這是宋朝語音的系統，而不是古音的系統。」

從上面的敍述，我們了解「叶韻」及「改字」、「韻緩」都是中古學者缺乏語音演變觀念，不了解上古韻母而想出來的一些不得已的辦法。

1-2　古韵觀念的萌芽

宋以前是沒有古韻觀念的時代，元明是古韻觀念萌芽的時代。

元代的戴侗有《六書故》，他說：

> 《書》傳『行』皆戶郎切，《易》與《詩》雖有合韻者，然『行』未嘗有協庚韻者；『慶』皆去羊切，未嘗有協映韻者；如『野』之上與切，『下』之後五切，皆古正音，與合異，非叶韻也。

這裏，他明白提出了「皆古正音」、「非叶韻也」的正確觀念。

明代焦竑＜古詩無叶音說＞認爲：

> 詩有古韻今韻，古韻久不傳，學者于《毛詩》、＜離騷＞皆以今韻讀之，其有不合，則強為之音，曰此叶也，予意不然。

他提出了古韻和今韻的對立，古韻就是上古韻，今韵就是中古韻。他又由上古韻語證明「下」字原本念「虎」、「服」字念「迫」、「降」字念「攻」、「澤」字念「鐸」。

明代陳第《毛詩古音考》又更進一步，考訂了四百多字的上古音讀，每字下都列明「本證」（《詩經》的證據）和「旁證」（其他上古語料的證據）。例如他認爲上古「母」音「米」、「馬」音「姥」、「京」音「疆」、「福」音「偪」。他在《毛詩古音考》的序文中說：

> 蓋時有古今，地有南北，字有更革，音有轉移，亦勢所必至。

充分說明語音是趨於演化的，不是如宋以前人想像的靜止不變的。

1-3 用科學方法歸納古韵

明代是古韻觀念的萌芽，清代則著手從事全盤化、系統化的古韻歸納。他們具有客觀而嚴謹的方法，一個接一個的努力，像接力賽一樣，一棒交一棒，後人在前人的基礎上更進一步，終於使古韻學昌明於世。

1-3-1 顧炎武的十部

進行古韻分部工作的第一位學者是顧炎武（1613-1682），他的《音學五書》把古韻分爲十部：

⑴東冬鍾江。

⑵支之半、脂之微齊佳皆灰咍、尤之半；去聲祭泰夬廢；入聲質術櫛、昔之半、職物迄屑薛、錫之半、月沒曷末黠鎋、麥之半、德、屋之半。

⑶魚虞模、麻之半、侯；入聲屋之半、沃之半、燭、覺之半、藥之半、鐸之半、陌、麥之半、昔之半。

⑷眞諄臻文殷元魂痕寒桓刪山先仙。

⑸蕭宵肴豪、尤之半、幽；入聲屋之半、沃之半、覺之半、藥之半、鐸之半、錫之半。

⑹歌戈、麻之半、支之半。

⑺陽唐、庚之半。

⑻庚之半、耕清青。

⑼蒸登、又東韻弓雄瞢等字（數少，故未稱東之半）。

⑽侵覃談鹽添咸銜嚴凡；入聲緝合盍葉帖洽狎業乏、又東韻芃風楓等字。

顧氏的研究有兩項重大的成就：

⑴以入聲配陰聲

中古以來的學者，都把入聲和陽聲韵相配（如「東董送屋」），顧氏能夠打破傳統，依據古韻語的實際押韻狀況，把入聲改配陰聲韻（如《詩經》行葦八章以「背、翼、福」三字押韵），他的第二、三、五部皆如此。上古入聲發音和陰聲韻近似也可由形聲字的結構上看出來：

室（入聲）从至聲（去聲）

翠（去聲）从卒聲（入聲）

⑵把各韻的字分開尋其來源：

中古以來的學者總把一個「韻」認爲是一個不可分割的單位，自從有了語音演變的觀念，了解了中古的一個韻在上古時候有時得和別的韻合併，有時卻得把這個韻剖析開來，分別尋出其不同的來源，因爲語音的演化有分化，也有合併。顧炎武就是第一個把這種認識運用到古韵研究的學者。他所謂的某韵之半，就是某韵的一部分字的意思。例如「支」韵上古分見於二、六部，「麻」韵分見於三、六部，「庚」韵分見於七、八部，「尤」韵分見於二、五部。

1-3-2　江永的十三部

繼續顧氏古韵分部的學者是江永（字愼修，1681-1762），他的《古韵標準》一書分古韵爲十三部。比顧氏多出的三部是：

⑴眞元分部：

真部——真諄臻文殷魂痕，先之半

元部——元寒桓删山仙，先之半

⑵侵談分部：

侵部——侵，覃談鹽之半

談部——咸銜嚴添凡，覃談鹽之半

⑶幽部獨立：

由宵部析出「尤、幽」，由魚部析出「侯」，然後合「尤、幽、侯」為一部。

1-3-3　段玉裁的十七部

接著，有段玉裁（若膺，一字懋堂，1735-1815）《六書音韻表》分古韻爲十七部。比江永又多了四部：

⑴支脂之分部，把顧氏的第二部分爲三。「之咍」一部，「脂微齊皆灰」一部，「支佳」一部。

⑵眞文分部，把江氏的眞部分爲二。「眞臻先」一部，「諄文殷魂痕」一部。

⑶侯部獨立，把「侯韵」從江氏的幽部析出，獨立爲一部。

除了分部外，段氏在古韻學上還有兩項卓越的貢獻：

⑴形聲字的利用

段氏發現具有相同聲符的形聲字，往往屬於同一個古韻部。因而使得不見於韻脚的字也可以歸部。例如「俑、涌」兩字沒做過韻脚，但是从「用」聲的字都和東部相押，因而「俑、涌」也可以歸入東部。段氏及其後的古韵學者都有<諧聲表>的製作，正是幫助學者透過形聲字以了解古韵部的資料。任何字上古屬某部，都可藉此查考得到。

⑵重新排列各韻順序：

段氏以前的古韵學者受《廣韵》的影響，都採用了始東終乏的順序，以東韻字開頭。段玉裁始以古韻部之間音近的關係調整各韻部順序，而以「之部」開頭。他判斷上古韵部是否「音近」的方法是觀察「古合韵」的多寡，所謂「古合韵」就是兩部間例外押韵或通押的現象。古合韻數量多的，就表示這兩部比較音近，古合韻少的，就表示這兩部的發音比較不同•他的十七部的順序如下：

⑴之咍——職德

⑵蕭宵肴豪

⑶尤幽——屋沃燭覺

⑷侯

⑸魚虞模——藥鐸

⑹蒸登

⑺侵鹽添——緝葉帖

⑻覃談咸銜嚴凡——合盍洽狎業乏

⑼東冬鍾江

⑽陽唐

⑾庚耕清青

⑿眞臻先——質櫛屑

⒀諄文欣魂痕

⑭元寒桓刪山仙

⒂脂微齊皆灰——祭泰夬廢——術物迄月沒曷末黠鎋薛

⒃支佳——陌麥昔錫

⒄歌戈麻

1-3-4 江有誥、王念孫的廿一部

其後，又有江有誥（字晉三，？—1851）的《音學十書》和王念孫（字懷祖，1744-1832）的《古韻譜》，他們都分古韻爲二十一部，比段氏多了四部：

⑴祭部獨立：

這是由段氏十五部中析出「祭泰夬廢」和入聲「月曷末鎋薛」共九韵而成。

⑵葉、緝獨立

在江氏、王氏以前，古韵學者總把收－p的入聲字附入收－m的下，這是不能擺脫《切韵》束縛的緣故。自江氏、王氏始依據《詩經》、《楚辭》的押韻狀況，把－p類字分別獨立，成立了葉（王氏稱「盍部」）、緝二部：

葉部——葉帖業狎乏，盍洽之半（王氏盍韵全入此部）

緝部——緝合，盍洽之半

⑶冬部獨立（江氏稱「中部」）

冬部的成立，由孔廣森（1752-1786）首創：

東部——鍾，東江之半

冬部——冬，東江之半

江有誥採用了冬部獨立之説，王念孫二十一部則否。

⑷至部獨立

王念孫把去聲「至霽」和入聲「質櫛屑黠薛」共七韵合爲一部（原屬段氏十二部和十五部），稱爲「至部」，江有誥無此部。

由江、王二氏的分部看，和前人最大的不同，是承認了去入聲也有獨立成韵部的可能，這是古韵觀念的進步。民國以來的古韵研究，重點放到了音值的擬測上，繼續從事分部較有代表性的有董同龢、黃侃、陳新雄。

1-3-5　董同龢的廿二部

董同龢《上古音韻表稿》分古韵爲二十二部，他是以江有誥的二十一部做基礎，再加上王力的「脂微分部」而成：

陰聲十部——之、幽、宵、侯、魚、佳（清儒稱支部）、歌、脂、微、祭

陽聲十部——元、文、眞、耕、陽、東、中（清儒稱冬部）、蒸、侵、談

入聲二部——葉、緝

1-3-6　黃侃的廿八部

黃侃（季剛，1886-1935）的古音學見於《黃侃論學雜著》，分古韵爲二十八部：

○	○	咍	豪	蕭	侯	模	齊	歌戈	灰	○
怗	合	德	沃	○	屋	鐸	錫	曷末	沒	屑
添	覃	登	冬	○	東	唐	青	寒桓	魂痕	先

黃氏部名與傳統部名對照如下：

咍＝之，豪＝宵，蕭＝幽，模＝魚，齊＝支，歌戈＝歌，灰＝脂，怗＝葉，合＝緝，曷末＝祭，添＝談，覃＝侵，登＝蒸，唐＝陽，青＝耕，寒桓＝元，魂痕＝文，先＝眞。

他的韻部之所以比前人多，是因爲析出入聲字，獨立爲韻部之故。他認爲《詩經》、《楚辭》雖然入聲字和陰聲在押韵中不分彼此，但是就審音而言，它們的發音仍有區別，於是把入聲字從各陰聲部析出，增加了「德、沃、屋、鐸、錫」五個收－k的入聲部，和「沒、屑」兩個收－t的入聲部，但黃氏不分脂、微二部，因此比董氏多六部。

黃氏晚年有＜談添盍帖分四部說＞，把「帖（－p）、添（－m）」兩部各分爲二，於是得古韻三十部。

黃氏研究上古韻部的方法和清儒不同，他不是由分析《詩經》、《楚辭》的韻脚著手，而是以《廣韻》爲依據。他認爲《廣韵》所收，乃包舉周漢至陳隋之音，於是他從《廣韵》中求出三十二個「古本韵」，合併開、合對立的韵（歌戈、曷末、寒桓、魂痕），成爲二十八部。錢玄同《文字學音篇》論及他的研究方法是：

知此三十二韵為“古本韵”者，以韵中止有十九古本紐也，異于其他各韵之有變紐，故知其為古本韵。又因此三十二古本韵中止有十九紐，故知此十九紐實為“古本紐”，本紐本韵互相證明，一一吻合。

清儒把古韵部分爲陰聲部和陽聲部兩大類，是古韵的二分法，主要是依據古韵語材料所呈現的押韵狀況而分，一般稱爲「考古派」；黃侃分古韵部爲陰、陽、入三大類，是古韵的三分法，主要站在音的辨析上，一般稱爲「審音派」。民國以來的古韵分部漸傾向於三分法。

1-3-7　陳新雄的三十二部

陳新雄（字伯元）《古音學發微》分古韵爲三十二部，這是黃侃晚年的三十部加上王力的「脂、微分部說」、黃永鎮的「肅部獨立說」（肅部爲黃侃蕭部之入聲，收－k尾，陳氏稱覺部）而成。古韵分部的接力賽到此成爲定局，無可再分了。

問題討論

⑴中古時代的學者讀《詩經》，何以有「叶韻」的觀念產生？

⑵宋代的鄭庠分古韻爲六部，何以不宜和清代的古韻分部相提並論？

⑶試自行在圖書館查閱顧炎武的《音學五書》，把五書的大概內容在課堂上作一簡單的報告。

⑷韻母收－n的字，在古韻分部的過程中，有哪三變？（顧——江——段）

⑸說明上古韻「侯部」獨立的三個階段。（顧——江——段）

⑹從《詩經》中找出三條入聲字和陰聲字押韻的例子。

⑺顧炎武的古韻部，把「支、麻、庚、尤」等韻分歸兩部，代表了他對語音演化有了怎樣的認識？

⑻上古的陰聲字和入聲字經常押韻，因此，清儒的古韻部總是陰入相配，但是從顧氏到段氏都把入聲－p類字配陽聲的－m類字，是何緣故？

⑼參考《段注說文》的附錄＜六書音韻表＞，看看共有幾表？各表的資料能提供我們什麼幫助？

⑽江有誥、王念孫的古韻分部比段玉裁多了四部，這四部代表了什麼樣觀念上的進步？

⑾黃侃的古韻二十八部在名稱上、研究資料和方法上跟前人有何不同？不同的原因何在？

⑿什麼是古韻的二分法和三分法，其依據是什麼？

附錄一　《詩經》的之部韻

弟一部 陸韻平聲之咍、上聲止海、去聲志代、入聲職德。

絲治訧 邶綠衣三章 霾來來思 終風二章 思來 雄雉三章 淇
思姬謀 泉水一章 異貽 靜女三章 尤思之 鄘載馳四章。○此篇分章從朱。
蚩絲絲謀淇丘期媒期 衛氓一章 思哉 六章 淇思之
竹竿章 期哉塒來思 王君子于役一章 佩思來 鄭子衿二章

鋂偲 齊盧令三章 哉其之之思哉其之之思 魏園有桃一、二章
期之 秦小戎二章 梅裘哉 終南一章 思佩 渭陽二章 梅絲
絲騏 曹鳲鳩二章 貍裘 豳七月四章 騏絲謀 小雅皇皇者華三章
疚來 采薇三章 來疚 杕杜四章 來又 南有嘉魚四章 臺萊基期
南山有臺一章 來期思 白駒三章 時謀萊矣 十月之交五章 (膴)謀
小旻五章 箕謀 巷伯二章 丘詩之 七章 來疚 大東二章 裘試
四章 梅尤 四月四章 期時來 頍弁二章 能又時 賓之初筵二章
(呶)僛郵 四章 牛哉 黍苗二章 (膴)飴謀龜時茲 大雅緜三章
絲基 抑九章 富時疚茲 召旻五章 牛右 周頌我將 之思哉
茲之 敬之 紑(俅)基牛鼒 絲衣 駓騏伾期才 魯頌駉二章 ○以

上平聲。

表四　二

附錄二　之部諧聲表

弟一部 陸韵平聲之咍，上聲止海，去聲志代，入聲職德。

絲聲　台聲　枲聲　里聲
貍聲　來聲　思聲　其聲
𦣝聲　龜聲　𠩺聲　犛聲
又聲　有聲　九聲　右聲
而聲　丌聲　迺聲與十三部近別。　㞢聲隸作之。
事聲　蚩聲　市聲　某聲
才聲　𢦏聲　在聲　母聲

佩聲　久聲　臺聲　式聲
㠯聲隸作以。　能聲　矣聲　疑聲
亥聲　郵聲　牛聲　茲聲
兹聲　畐聲　富聲　不聲
丕聲石經作平。　甾聲　巛聲　甾聲
[illegible]聲　司聲　丘聲　采聲
友聲　否聲　音聲　宰聲
啚聲　止聲　齒聲　巳聲
己聲　耳聲　士聲　喜聲

寺聲　時聲　史聲　吏聲

負聲　畀聲與十五部畀別。　緋聲　戒聲

婦聲　舊聲　乃聲　異聲

北聲　食聲　戠聲　子聲

啻聲　意聲　再聲　葡聲

備聲　直聲　悳聲　丞聲

弋聲　則聲　賊聲　革聲

或聲　彧聲　息聲　亟聲

力聲　防聲　棘聲　嗇聲

黑聲　匿聲　畟聲　色聲

塞聲　仄聲　夨聲　皀聲

服聲　夌聲　克聲　㝵聲

得聲　伏聲　牧聲　壘聲

皕聲　茍聲與四部苟別。

右諧聲偏旁見於今韵他部內者、皆從弟一部轉入。

2.　古韻各部的念法

2-1　擬音的原則

古韻部的分類既然經過古韻學者接力式的研究，得到了一個圓滿的結果，所有的字都可以納入韻部中，了解它們上古時代韻母形態的同與不同，那麼，下一步就是要求出它們的具體念法，看看這部字如何念，那部字又如何念，這就是擬音的工作了。

上古韻部的擬音是根據中古韻的念法，觀察這個韻部包含了哪些中古韻的字，它們分屬哪幾種不同的中古念法，這些不同的念法由音理上看，可能由上古的某一類韵母演化出來。所擬的音除了要能解釋演化之外，也要能解釋上古押韵和合韵（兩部間通押）的現象。由於漢語韵母的結構比較複雜，通常都分別由介音、主要元音、韻尾三方面作分析。

現代古韻學家都認爲，一個韵部只有一個主要元音，如果採陰、陽、入三分法，則每個韵部也只有一種韵尾。那麼，一部中還有不同，就是介音的區別了。陰、陽、入相對轉的韵部（通押最多的部）主要元音相同，所異在韵尾。因此，上古韵的主要元音數量實際上僅有少數幾個而已。

上古韻部擬音在見解上分歧最大的，是濁塞音韻尾的問題。有些學者認爲上古的入聲字（有塞音收尾）既然和陰聲字能相互押韻，那麼它們的韻母一定不會相去太遠，因此認爲上古的陰聲字也有塞音收尾，只不過入聲字是清塞音收尾，而陰聲字是濁塞音收尾。也就是收－g的和收－k的押韻，收－d的和收－t的押韻。到了中古音，濁塞音韻尾才消失，轉成了元音收尾的字。另外一些學者認爲，如果陰聲字有濁塞音收尾，陽聲字、入聲字原本也是輔音收尾，那麼上古語言就成了全是閉音節（音節末尾有個輔音）了，這樣的語言未免太怪異了些，因此認爲上古的陰聲字沒有濁塞音收尾，而是和中古音一樣屬元音收尾的字。它之所以和入聲相押韻，只是主要元音相同而已。

2-2　各家擬音的比較

下面是各家擬音的比較：

(1)　董同龢

	ɑ	ə	o	ɔ	u	e
－g －k －ŋ	魚陽	之蒸	幽中	宵	侯東	佳耕
－d －r －t －n	祭元	微文				脂真
－p －m	葉談	緝侵				
－ϕ	歌					

董氏的主要元音比較雜複，他認爲一部具有「一類」主要元音，而非「一個」，像ɑ類韻部就包含了前a、後ɑ、和æ三種不同的元音。

介音方面，董氏認爲和中古完全相同。

韻尾方面，董氏主張陰聲韻有－g、－d收尾，少數脂、微部的字如「火、爾、燬、泚、砥………」等，有－ r 收尾。在諧聲時代（比「詩經時代」早)「內、蓋」等字還有－ b 收尾（和納、盇等收－ p 的字諧聲）。

⑵ 李方桂

	ɑ	ə	u	i
$-g$ $-k$ $-ŋ$	魚陽	之蒸	侯東	佳耕
$-g^w$ $-k^w$ $-ŋ^w$	宵	幽中		
$-d$ $-t$ $-n$	祭元	微文		脂真
$-p$ $-m$	葉談	緝侵		
$-r$	歌			

李氏認爲「宵」和「幽中」各部上古有圓脣舌根音收尾（標寫上，在音標的右上方加一小 w ），因此多了一套韻尾，卻比董氏省了兩個主要元音。這套韻尾可以解釋上古冬（中）部$-əŋ^w$ 和侵部－əm 經常通押的現象。

介音方面，李氏認爲上古無合口介音，後世合口字由圓脣舌根聲母變來。脣音分化的條件是 pj－ 後世變輕脣，pj + i 則否。李氏又主張上古二等字有－r－ 介音，由漢藏對音可以證明，因此上古一、二等的區別在介音不在元音。

⑶ 王　力

	ɑ	ə	e	o	ɔ	u
–ø–k–ŋ	魚鐸陽	之職蒸	支錫耕	宵沃	侯屋東	幽覺
–i–t–n	歌月元	微物文	脂質真			
–p–m	葉 談	緝侵(冬)				

王氏認爲陰聲部全爲開音節，沒有塞音收尾。歌脂微三部爲收–i 之複元音。

介音系統是：

	一等	二等	三等	四等
開	–ø–	–e–	–i̯–	–i–
合	–u–	–o–	–i̯u–	–iu–

2-3　古韻語念法舉例

下面依王力的擬音舉出幾首《詩經》作品，看看它們韻脚的念法：（聲母方面作了一些修正，與王氏不同）

豳風七月五章

五月斯螽動股〔kɑ〕
六月莎雞振羽〔gi̯uɑ〕
七月在野〔ri̯ɑ〕
八月在宇〔gi̯uɑ〕
九月在戶〔gɑ〕
十月蟋蟀入我牀下〔geɑ〕

這首詩押魚部韻，魚部元音的變化最大，上古念 a，可以由對音證明，如 Java 譯「諸簿」、Upasaka 譯「伊蒲塞」（在家修行者）、Maya 譯「莫邪」（釋迦之母）。

小雅鼓鐘四章

鼓鐘欽欽〔k'i̯əm〕
鼓瑟鼓琴〔g'i̯əm〕
笙磬同音〔ʔi̯əm〕
以雅以南〔nəm〕
以籥不僭〔tsiəm〕

王風中谷三章

中谷有蓷，暵其濕〔sdi̯əp〕矣，

有女仳離，啜其泣〔k'li̯əp〕矣。

啜其泣〔k'li̯əp〕矣，

何嗟及〔g'i̯əp〕矣。

查上古音讀的方法是先查諧聲表。自段玉裁以後的古韻學者都列有「諧聲表」，注明某聲符屬某部，我們只要知道所查的字的聲符，就可以由諧聲表知道它所屬的上古韻部，然後再看前面各家的擬音簡表，就可以知道主要元音和韻尾的念法。至於介音，需從等韻圖確定它的開合等第，再查各家有關介音的擬音。這樣，韻母的念法就可以注出來了。

2-4　上古韻部的演化

由先秦韻文和兩漢韻文分別的歸納，可以發現這兩個階段的韻部有了一些變化。羅常培、周祖謨的＜漢魏晉南北朝韻部演變研究＞（1958） 指出漢代侯、魚兩部合併，脂、微兩部合併，眞、文兩部合併。又指出魚部的麻韻字轉入了歌部，歌部的支韻字轉入了支部，此爲東漢與西漢最大的不同。王力《漢語語音史》更指出：

⑴歌部「儀宜移施奇披池皮垂隨馳爲麗地………」等字轉入支部。

⑵陽部「英京兵明兄行衡横亨迎彭觥病景………」等字轉入耕部。

⑶魚部「家華牙邪車瓜野馬下夏者雅寡………」等字轉入歌部。

⑷侯部「符珠儒俱驅區趣愚隃渝殊拘愉厨須………」等字轉入魚部。

⑸幽部「咆曹牢陶濤茅雕聊蕭條調保考道草抱稻寶造好報導老巧爪鳥………」等字轉入宵部。

⑹侯部「侯投頭厚後口走斗后苟偷………」等字轉入幽部。（侯部的字分別轉入魚部和幽部）

⑺文部「辰珍震貧振昣銀」等字轉入眞部。（王力仍分眞、文兩部）

以上的變遷反映了語音的變化，也就是說，到了漢代，有許多字的念法已經跟先秦時代不同，押韻的對象也就不一樣了。

問題討論

⑴古韵部的擬音，意見最不一致的是陰聲字的韵尾問題，其論點及依據如何？

⑵「不同的演化結果，應具有不同的演化條件」是語言研究的一個基本原則，試就此觀點分析董同龢－r尾的擬訂。

⑶參考陳新雄先生＜蘄春黃季剛先生古音學說駁難辨＞一文，對其中所提古韻學各方面的不同看法，發表自己的意見，並作討論。

⑷試比較董同龢、李方桂、王力三家古韵擬音，在介音、主要元音和韵尾上有何異同。

⑸上古「京、兵、明、兄、行、迎、病………」等字屬陽部，漢代轉入耕部，試從現代閩南語這些字的念法找出古讀的痕迹。

⑹班固的妹妹「曹大家」的「家」爲什麼要念「姑」？試由古韵部作探討。

⑺上古沒有「爸」字，只有「父」字，是否上古時代的孩子只叫ㄈㄨˋ而不叫ㄅㄚˋ？

3.　不同韵部間的關係

3-1　什麼是「合韵」？

有時候，我們作詩押韻，由於情況的需要，把押韻放寬了一點，用了一些韵不同，但相去也不遠的字相押，這種情況我們平常稱「通押」，在古韵學上就稱之爲「合韵」。換句話說，「合韵」是不同的上古韵部之間例外通押的現象。段玉裁稱爲「古合韻」。也可以稱爲「旁轉」和「對轉」。凡是陰聲韻部之間的合韻，或陽聲韵部之間的合韵，可以稱「旁轉」；凡是陰聲部和陽聲部之間的合韻，就叫做「陰陽對轉」，或「對轉」。例如：《詩經・楚茨》五章的韵脚是「備、戒、告」，前兩字是段氏第一部（之部），「告」字是第三部（幽部），這是旁轉；《詩經・秦風小戎》三章的韵脚是「膺、弓、縢、興、音」，前四字是段氏第六部（蒸部）「音」字是第七部（侵部），這也是旁轉；《詩經・小雅常棣》四章的韵脚是「務、戎」，前者屬段氏第三部（幽部），後者屬第九部（冬部），這就是對轉，因爲它們有陰聲、陽聲的不同。這些例子都叫做「合韵」。

《詩經》時代存在許多不同的方言，有時合韵現象是由於方言音讀有差異的緣故。就大多數方言的音讀看起來是合韵，可是就那首詩的方言來說，或許用作韻脚的幾個字全都念成一個韵。「對轉」多半屬這種情況。可能某些方言把一些陰聲字唸成了陽聲字，或把一些陽聲字念成了陰聲字，如果這些字被用作韻脚，於是，在其他方言的立場來看，就是「對轉」了。像今天的方言裏就有這種情況，吳語的「天、店」韵母〔－ie〕，「還」韵母〔－ue〕，不就念成了陰聲韵嗎？「打」字韵母〔－aŋ〕，卻念成了陽聲韵。在吳語來說，「打」字和「兩、獎、想」押韵是很自然的，但在「打」字念〔－a〕韵母的地方來說，這樣的押韵就成了「陰陽對轉」。

段玉裁《六書音韵表》中的第三表＜合用類分表＞正是表明古合韵之理而作。他依照古合韵發生的頻率來決定兩部之間音近的程度，合韵數量多的韵部發音一定比較接近，於是他把十七部古韵分成了六類：

第一類——第一（之）部

第二類——第二（宵）、三（幽）、四（侯）、五（魚）部

第三類——第六（蒸）、七（侵）、八（談）部

第四類——第九（東）、十（陽）、十一（耕）部

第五類——第十二（眞）、十三（文）、十四（元）部

第六類——第十五（脂）、十六（支）、十七（歌）部

段玉裁說：「合韵以十七部次弟分爲六類，求之同類爲近，異類爲遠，非同類而次弟相附爲近，次弟相隔爲遠。」他所謂的「近」、「遠」是以韵的發音而言。

章太炎曾繪製了一幅「成均圖」，以表明各韵部合韵的關係：

成均圖

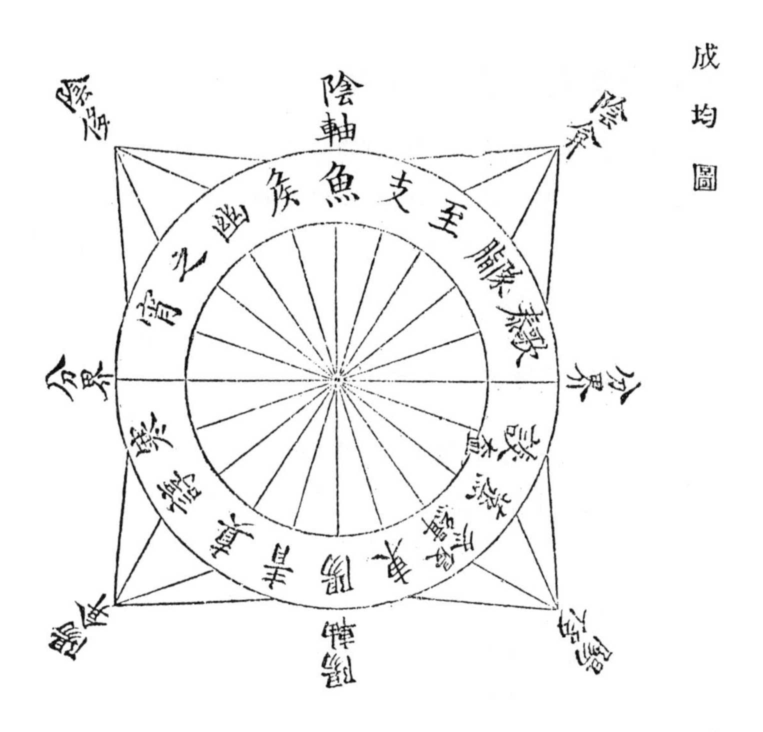

這個圖的上半部都是陰聲韻，一半爲弇（發音時張口度較小），一半爲侈（發音時張口度較大），魚部的弇侈居中；圖的下半部都是陽聲韵，也分弇侈兩類，陽部居中。陰、陽兩類韵中間有一條水平線隔開，稱爲「分界」。相鄰的兩部爲「旁轉」（有「分界」相隔的除外），通過圓心的線所聯係的兩端，是具有「對轉」關係的韵部。

3-2 《詩經》合韵的例子

上古韵語一般的情況是同韵部的字互相押韵，因爲「韵部」的歸納原本就是依據押韵狀況而設立的。兩部之間有通押的，多半是發音相近的韵部，下面列擧《詩經》中部分合韵的例子，藉以了解合韵的現象。

(1) **歌、元合韵**（對轉）

＜陳風・東門之枌＞二章：

穀旦于差（歌部）

南方之原（元部）

不績其麻（歌部）

市也婆娑（歌部）

＜小雅・桑扈＞三章：

之屛之翰（元部）

百辟爲憲（元部）

不戢不難（元部）

受福不那（歌部）

(2) **歌、脂合韵**（旁轉）

＜商頌・玄鳥＞：

來假祁祁（脂部）

景員維河（歌部）

殷受命咸宜（歌部）

百祿是何（歌部）

(3) **文、元合韻**（旁轉）

<小雅・楚茨>四章：

我孔熯（元部）矣

式禮莫愆（元部）

工祝致告，徂賚孝孫（文部）

(4) **脂、微合韻**（旁轉）

<周南・采蘩>三章：

被之祁祁（脂部）

薄言還歸（微部）

<小雅・斯干>四章：

如翬斯飛（微部）

君子攸躋（脂部）

脂、微兩部的合韻極多，因此清儒視爲同部。

(5) **眞、文合韻**（旁轉）

<小雅・正月>十二章：

洽比其隣（眞部）

昏姻孔云（文部）

念我獨兮，憂心慇慇（文部）

(6) **微、文合韻**（對轉）

＜邶風・北門＞三章：

王事敦（文部）我

政事一埤遺（微部）我

我入自外，室人交徧摧（微部）我

(7) 侯、東合韻（對轉）

＜大雅・瞻卬＞七章：

不自我先，不自我後（侯部）

藐藐昊天，無不克鞏（東部）

無忝皇祖，式救爾後（侯部）

(8) 侯、幽合韻（旁轉）

誕我祀如何，或舂或揄（侯部）

或簸或蹂（幽部）

釋之叟叟（幽部）

烝之浮浮（幽部）

(9) 冬、侵合韻（旁轉）

＜豳風・七月＞八章：

二之日鑿冰沖沖（冬部）

三之日納于凌陰（侵部）

＜大雅・公劉＞四章：

食之飲（侵部）之

君之宗（冬部）之

⑽　之、蒸合韵（對轉）

＜鄭風・女曰雞鳴＞三章：

知子之來（之部）之

雜佩以贈（蒸部）之

《詩經》中還可以看到一些陽聲部之間不同韵尾而相押的例子，這是不合押韵常例的，這種現象一定是反映了某些方言已經失落了鼻音收尾，而成爲鼻化元音的韵母，這樣的方言，只要主要元音相同，陽聲韵的字自然是都可以互押的。例如：

＜大雅・抑＞九章：

告之話言（元部－n）

順德之行（陽部－ŋ）

＜商頌・殷武＞四章：

天命降監（談部－m）

下民有嚴（談部－m）

不僭不濫（談部－m）

不敢怠遑（陽部－ŋ）

＜大雅・大明＞七章：

殷商之旅，其會如林（侵部－m）

矢于牧野，維予侯興（蒸部－ŋ）

上帝臨女，無貳爾心（侵部－m）

＜大雅・文王＞七章：

命之不易，無遏爾躬（冬部－ŋ）

宣昭義問，有虞殷自天（眞部－n）

3-3 假借中的合韵現象

合韻的現象除了押韻時不同韵部的接觸外，也指假借和諧聲中不同韵部的接觸。

假借或通假的條件是音近，也就是聲母和韵母都相去不遠。就韵母來說，假借字和本字往往屬於同一個韵部，因此，段玉裁有「古假借必同部」的說法。但是，偶而也可以看到異部假借的情況，這是「合韵」的緣故，和押韵時兩部相通的道理是一樣的。例如段氏《六書音韵表》曾舉出假借合韵的例子：

(1) ＜小雅・常棣＞借務爲侮

在「兄弟鬩于牆，外禦其務」中，「務」字（从敄聲）屬第三部（幽部），其本字「侮」（从每聲，每聲屬第一部）屬第四部（侯部）。

(2) ＜小雅・大田＞借螣爲蟘

在「不稂不秀，去其螟螣」中，「螣」字（从朕聲）屬第六部（蒸部），而其本字「蟘」（貣亦聲）屬第一部（之部）。

此外，古籍中常見「亡、無」通假的情況，例如＜愚公移山＞：「河曲智叟亡以應」中的「亡」字即「無」字，它們也是同源詞的關係。「亡」字屬第十部（陽部），「無」字屬第五部（魚部）。又「胡、何」二字也是古籍中常遇到的通假字，例如《墨子閒詁・公輸》：「胡不見我於王？」中的「胡」字即「何」

字。「胡」屬古韻第五部（魚部），「何」屬第十七部（歌部)。這些也都是假借中的合韻現象。至於韻部相去太遠，它們的假借關係就值得懷疑了。像段氏所舉＜大雅・文王有聲＞借減為洫，＜小雅・雨無正＞借荅為對，韻部的關係都很勉強。

3-4　諧聲中的合韻現象

所謂諧聲，指的就是形聲字。形聲字由義符和聲符構成，聲符必與形聲字音近，無論聲、韵都必相去不遠。就韵而言，一般情況是聲符與形聲字屬同部，例如：

台、治、始、殆、怡都屬之部

且、祖、粗、沮、姐都屬於魚部

爰、援、鍰、緩都屬於元部

生、笙、星、姓、甥都屬於耕部

但是，偶而也有聲符與形聲字不同部的情況，往往是發音近似的部，或由於方言的緣故造成的。例如：

(1)　裘在之部，求卻在幽部

(2)　朝在宵部，舟卻在幽部

(3)　牡在幽部，土卻在魚部

(4)　侮在侯部，每卻在之部

(5)　股在魚部，殳卻在侯部

(6)　仍在蒸部，乃卻在之部

(7)　參在侵部，㐱卻在文部

(8)　彭在陽部，彡卻在侵部

⑼ 矜在真部，今卻在侵部

⑽ 存在文部，才卻在之部

問題討論

⑴何謂「古合韵」？何謂「旁轉」、「對轉」，說明它們產生的原因。

⑵段玉裁用什麼方法來決定各韵部之間的排列順序？

⑶觀察章太炎的「成均圖」，看看他所注的「弇」、「侈」，和前面一章各家的擬音是否符合？

⑷從你讀過的先秦古籍中，找出三個通假的例子，查出它們的古韵部，看看是否有合韵的現象，並從音值上說明借字和本字間的相近程度。

⑸由段氏<六書音韵表>的<詩經韵表>每部後所附的「古合韵」例子觀察和第一部關係最近的韵部有哪些？

⑹把 3-2 節《詩經》合韵的例子，分別查出各韻腳的音值，比較其主要元音和韻尾，從音理上說明各詩合韵之故。

4.　上古的聲母

4-1　幾個基本的古聲母條例

研究上古的韻部可依賴上古韻語和形聲字，而研究上古聲母就只能依賴形聲字了。異文、假借、音訓、讀若等資料也有一些幫助，但都是零星片斷的，不若形聲材料的龐大，能提供較全面的上古聲母訊息。

清儒對上古聲母的研究要比韵部的研究晚得多，一方面是因爲材料較少，一方面是讀《詩經》等古籍不能不觸及韵的問題，聲母就缺乏這樣的誘因。第一位研究上古聲母的人是錢大昕（1727-1786）。從錢氏之後，一條條的古聲母條例被研究出來。下面就提出一些重要的介紹。

4-1-1　古無輕唇音

這是錢大昕發現的。中古的輕唇音「非、敷、奉、微」四母，在上古時代是念作重唇音的「幫、滂、並、明」。錢氏提出的證據如：

⑴　《詩》：「凡民有喪，匍匐救之」＜檀弓＞引《詩》作「扶服」。

⑵　《書・禹貢》：「至于陪尾」，《史記》作「負尾」。

⑶《水經注・漢水篇》：「文水，即門水也（錢氏原注：今

吳人呼蚊如門）」

⑷ 《儀禮》：「管人布幕于寢門外」，注：「今文布作數」。

⑸ 《論語》：「且在邦域之中矣」，《釋文》：「邦或作封」。

⑹ 《易》：「遇其配主」，鄭本作「妃」。

⑺ 《春秋・莊廿八年》：「築郿」，《公羊》作「微」。

⑻ 《莊子・逍遙遊》：「其名爲鵬」，《釋文》：「崔音鳳，云：鵬即古鳳字」。

⑼ 《釋名》：「望，茫也，遠視茫茫也」。

除此之外，我們也可以由形聲字證明古無輕唇音，例如：

⑴ 痞从否聲

⑵ 旁从方聲

⑶ 盆从分聲

⑷ 盲从亡聲

此外，反切也可以證明：

⑴ 支韵「彌」，武移切

⑵ 眞韵「貧」，符巾切

⑶ 蒸韵「凭」，扶冰切

⑷ 薛韵「滅」，亡列切

由閩南語更可以證明。凡是輕唇音的字，在閩南語的白話音中都念成重唇音，如「芳、飯、房、飛……」等。

輕唇音產生的時代很晚，因爲反切的輕、重唇音還沒有分開，表示在中古早期它們全都念重唇。

4-1-2　古無舌上音

這也是錢大昕發現的。他爲此寫了一篇「舌音類隔之說不可信」，意思是說：舌音類隔的反切是語音演化所造成的現象，不是反切初造時就故意造成類隔的樣子。例如「罩，都教切」中罩是知母，都是端母，遂成類隔，但「罩」字的知母原本是由端母變來的，造此反切時，「罩」和「都」皆屬端母。由此，錢氏證明了古無舌頭、舌上之分，舌上音「知、徹、澄」三母，上古念舌頭音「端、透、定」。他舉出的證據如：

(1)　《說文》：「冲讀若動」

(2)　《詩》：「蘊隆蟲蟲」，《釋文》：「直忠反，徐徒冬反」

(3)　《論語》：「君子篤於親」，《汗簡》云：「古文作竺」

(4)　<檀弓>「洿其宮而豬焉」，注：「豬，都也。南方謂都爲豬」

(5)　《說文》：「田，陳也，齊陳氏後稱田氏」，陸德明云：「陳完奔齊，以國爲氏，而《史記》謂之田氏，是古田、陳聲同」

除此之外，形聲字和反切也大量反映了這種古音現象。例如：

(1)　篤从竹聲

(2)　掉从卓聲

(3)　團从專聲

⑷　逃从兆聲

⑸　語韵「貯」，丁呂切

⑹　江韻「椿」，都江切

⑺　敬韻「牚」，他孟切

⑻　寘韻「縋」，地僞切

閩南語中，知系字都念成舌尖塞音，正是古無舌上音殘留的痕迹，如「重、治、豬、陳………」等字皆然。

4-1-3　照系三等字古讀舌頭音

這是錢大昕最早提出的。他說：

古人多舌音，後代多變齒音，不獨知徹澄三母為然也。

意思是說：上古時代有較多的舌頭音，近世多半變成了塞擦音（如知、照系字）；不只是舌上音知徹澄三母上古念舌頭音，就是正齒音章昌船上古也念舌頭音。他舉出的證據如：

⑴《左傳》：「予髮如此種種」，徐仙民作「董董」

⑵《考工記》：「玉楖雕矢磬」，注：「故書雕或爲舟」

⑶徐仙民《左傳音》切「椽」爲「徒緣」

⑷＜晉語＞：「以鼓子苑支來」，「苑支」即《左傳》之「鳶鞮」

清夏燮（字謙甫，1800-1875）《述韵》中，也舉例證明了這個古音現象：

⑴《春秋・桓十一年》：「夫鍾」，《公羊》作「夫童」

⑵《易・咸九四》：「憧憧往來」，《釋文》：「憧，昌容切，又音童」

⑶《書・禹貢》：「被孟豬（知母）」，《釋文》：「《左傳》、《爾雅》皆作孟諸（照母三等）」

⑷顧炎武《唐韻正》引《左傳・僖七》：「堵叔」，《釋文》：「堵，丁古反，又音者（照母三等）」

除此之外，形聲字也反映了這種古音現象：

⑴ 推从隹聲

⑵ 塡从眞聲

⑶ 凋从周聲

⑷ 膽从詹聲

閩南語的照系字如「煮、枕、出、鐘………」等，已變爲塞擦音，不再念爲舌頭音了。

4-1-4 照系二等字（莊系）古讀齒頭音

這是夏燮首先提出來的。上古的照系二等字莊、初、牀（崇）、疏（生）等母，念得和齒頭音精、清、從、心等母沒有分別。夏氏舉出的例證如：

⑴《周禮・縫人》注：「故書翣（莊母）柳作接（精母）柳」

⑵《漢書》如淳讀「苴」（莊母）爲「租」（精母）

⑶《詩・車攻》：「擧柴（崇母）」《說文》引作「擧掌（從母）」

⑷《周禮・考工記弓人》注：「故書速（心母）爲數（生母）」

除此之外，形聲字和反切也反映了這種古音現象：

⑴靜（從母）从爭（莊母）聲

⑵漸（精母）从斬（莊母）聲

⑶嗟（精母）从差（初母）聲

⑷仙（心母）从山（生母）聲

⑸夬韵「啐」（初母），蒼夬切（清母）

⑹馬韵「䰩」（莊母），銼瓦切（精母）

⑺厚韵「鯫」（從母），仕垢切（崇母）

⑻鑑韵「覧」（莊母），子鑑切（精母）

這種現象也有人稱之爲「精照互用」或「精莊互用」。

4-1-5　娘日歸泥

這是章太炎提出的。他發現上古娘、日二母和泥母沒有區別。例如：

⑴　「公山不狃（娘母）」《說文》作「徚（日母）」。

⑵　古「帑」（泥母）即「女」（娘母）字。

⑶　男女之女屬娘母，爾女之女屬日母。

⑷　「仲尼（娘母）」《三蒼》作「仲屔（泥母）」。

⑸　「佞（泥母）」从「仁（日母）」聲

⑹　「溺（泥母）」从「弱（日母）」聲

⑺　「仍（日母）」从「乃（泥母）」聲

⑻　「耐（泥母）」从「而（日母）」聲

⑼　「如（日母）」从「女（娘母）」聲

⑽　「諾（泥母）」从「若（日母）」聲

除此之外，唐末守溫三十字母中有泥無娘，實際上二者不分。從《廣韵》反切看，泥娘也有混用的迹象：

(1)　止韻「你」（娘母），乃里切（泥母）

(2)　蟹韻「嬭」（娘母），奴蟹切（泥母）

(3)　質韻「昵」（泥母），尼質切（娘母）

(4)　沁韻「賃」（娘母），乃禁切（泥母）

東漢劉熙《釋名》泥娘日三母多混用，如：

(1)　男（泥母），任也（日母）

(2)　女（娘母），如也（日母）

(3)　入（日母），納也（泥母）

(4)　爾（日母），昵也（娘母）

此外，日語借字的「吳音」把日母字都念爲〔n－〕，閩北方言也讀日母字爲〔n－〕。可知「娘日歸泥」的確是可以成立的。

4-1-6　古聲十九紐

黃侃綜合了前人對古聲母的研究，訂出了上古聲母十九類，稱爲「古聲十九紐」：（括弧內爲廿二個變紐）

喉　　影（喻為）、曉、匣

牙　　見、溪（群）、疑

舌　　端（知照）、透（徹穿審）、定（澄神禪）、
　　　泥（娘日）、來

齒　　精（莊）、清（初）、從（牀）、心（邪疏）

唇　　幫（非）、滂（敷）、並（奉）、明（微）

其中，依據錢大昕合併影喻、依據戴震合併心邪和溪群，都受到了後世學者的修正。

4-1-7 喻三古歸匣

這是曾運乾提出來的，他舉出了四十多條證據，說明上古的喻三（或稱爲母、云母、于母）和匣母本屬一個聲母。例如：

⑴《韓非子》：「自營（《廣韻》余傾切，屬喻四，曾氏認爲當作于傾切，屬喻三）爲私」，《說文》引作「自環（匣母）」

⑵《春秋左氏・襄廿七年》：「陳孔奐（《廣韻》火貫切，屬曉母，曾氏自注爲胡玩切，屬匣母）」，《公羊》作「陳孔瑗（喻三）」

⑶釋玄應《一切經音義》云：「豁（《廣韻》呼括切，屬曉母，曾氏以爲匣母）旦，即于（喻三）闐也」

⑷＜堯典＞：「靜言庸違（喻三）」，《左・文十八》引作「靖譖庸回（匣母）」

⑸《易・說卦》：「易六位（喻三）而成章」，＜士冠禮＞注引作「六畫（匣母）」

⑹《說文》：「沄（喻三），轉流也，讀若混（匣母）」

⑺《詩・出自東門》：「聊樂我員（喻三）」，《釋文》作「魂」（匣母）

⑻《禮・少儀》：「祭祀之美，齊齊皇皇（匣母）」注：「皇讀如歸往之往（喻三）」

⑼《禮記・檀弓》：「或（匣母）敢有他志」，＜晉語＞作「又」（喻三）

這個條例後來又有黃焯之＜古音爲紐歸匣說＞、葛毅卿之＜喻三入匣再證＞、羅常培＜經典釋文和原本玉篇反切中的匣于兩紐＞進一步加以證明。羅氏舉出《經典釋文》的反切，喻三和匣母關係密切，如：

⑴「滑」字有「胡八」、「于八」二讀。

⑵「皇」字有「于況」、「胡光」二讀。

⑶「鴞」字有「于驕」、「戶驕」二讀。

至於《原本玉篇》二母的混用就更普遍了。羅氏並舉了一條有趣的旁證，就是北周庾信的一首雙聲詩：

形骸違學宦，狹巷幸為閑；

虹迴或有雨，雲合又含寒。

詩裏包含了喻三和匣母的字，當時必讀同母。

4-1-8　喻四古歸定

這也是曾運乾提出的。他列出的證據超過五十條。證明了上古喻母四等字（或稱以母）的讀法近似定母。例如：

⑴《易・渙》：「匪夷所思」，《釋文》：「夷（喻四）荀本作弟（定母）」

⑵《易・升（當在困卦九四，曾氏誤）》：「來徐徐」，《釋文》：「子夏作荼荼（定母），王肅作余余（喻四）」

⑶《管子・戒篇》：「易（喻四）牙」，《大戴記・保傅篇》、《論衡・譴告篇》均作「狄（定母）牙」

⑷《老子》：「亭之毒（定母）之」，《釋文》：「毒本作育（喻四）」

⑸《尚書》：「皋陶（定母）」，《離騷》、《尚書大傳》、《說文》並作「繇」（喻四）

⑹《爾雅・釋訓》：「躍躍，迅也」，《釋文》：「躍（喻四），樊光本作濯（澄母）

⑺《詩・山有樞》：「他人是愉（喻四）」，《箋》：「讀曰偷（透母，曾氏視爲定母）」

⑻《易・頤》：「其欲逐逐（澄母）」，《釋文》：「子夏傳作攸攸（喻四）」

⑼《詩・板》：「無然泄泄」，《孟子》：「泄泄（喻四）猶沓沓（定母）也」

除此之外，喻四古歸定的現象也大量見於形聲字中：

⑴　蕩（定母）从昜（喻四）聲

⑵　迪（定母）从由（喻四）聲

⑶　條（定母）从攸（喻四）聲

⑷　悅（喻四）从兌（定母）聲

⑸　馳（澄母）从也（喻四）聲

⑹　誕（定母）从延（喻四）聲

⑺　代（定母）从弋（喻四）聲

⑻　躍（喻四）从翟（定母）聲

4-1-9　邪紐古歸定

這是錢玄同提出來的。其說見於<古音無邪紐證>一文。後來戴君仁又發表<古音無邪紐補證>一文支持這個論點。其例證如：

⑴《周禮・春官守祧》：「既祭則藏其隋（邪母）」，鄭玄《儀禮》注引作「既祭則藏其墮（定母）」

⑵《淮南子・原道訓》：「故雖游于江潯海裔」，高注：「潯（邪母）讀葛覃之覃（定母）」

⑶《說文》：「斜（邪母）讀若荼（定母）」

⑷《漢書・外戚傳》：「尾涎涎（《廣韻》：夕連切，屬邪母）」，顏注：「涎音徒見反（定母）」

⑸《左・莊八年》：「治（澄母）兵」，《公羊》作「祠（邪母）兵」

除此之外，形聲的證據如：

⑴　潒（定母）从象（邪母）聲

⑵　墮（定母）从隋（邪母）聲

⑶　待（定母）从寺（邪母）聲

⑷　循（邪母）从盾（定母）聲

4-1-10　審紐古歸舌頭

這是周祖謨提出的。他發現上古審母字的念法和舌頭音端、透、定很近似。例如：

⑴《禮記、文王世子》：「武王不說（審母）冠帶而養」，《釋文》說作稅，云：「本亦作脫（透母）」

⑵《書・君奭》：「天不庸釋（審母）」，魏三體石經「釋」古文作「澤」（澄母）

⑶《逸周書・謚法解》：「心能制義曰庶（審母）」，《左傳・昭公二十八年》作「度」（定母）

⑷《廣川書跋》稱秦碑「皇帝躬聽」，今《史記・始皇本紀》聽（透母）作聖（審母）

⑸《左傳・僖公二十二年》：「公及邾師戰于升陘」、升（審母）陘《釋文》作登（端母）陘。

⑹《禮記・曲禮》：「頭有創則沐」，＜雜記＞頭（透母）作首（審母）。

⑺《商頌・烈祖》：「申（審母）錫無疆」，《漢書・韋玄成傳》作「陳（澄母）錫無疆」

⑻《荀子・賦篇》：「子奢（審母）」，《韓詩外傳》作「子都（端母）」

除此之外，形聲字和同源詞的例證還有：

⑴　督（端母）从叔（審母）聲

⑵　羶（審母）从亶（端母）聲

⑶　稅（審母）从兌（定母）聲

⑷　秩（澄母）从失（審母）聲

⑸　雉（澄母）从矢（審母）聲

⑹　申（審母）和電（端母）爲同源詞

⑺　菽（審母）和豆（定母）爲同源詞

4-1-11　禪母古音近定母

這也是周祖謨提出來的。黃侃的十九紐雖然以禪母歸定，但不曾列舉證據，周氏是第一個舉出形聲和異文資料加以證明的人。他提到的證據例如：

⑴《易・歸妹象傳》：「愆期之志，有待而行也」，《釋文》：「一本待（定母）作時（禪母）」

(2)　《詩・常棣》：「常棣之華」，古書常（禪母）棣或作棠（定母）棣。

(3)　《禮記・月令》：「仲夏之月，蟬（禪母）始鳴」，《逸周書・時訓解》作「蜩（定母）始鳴」

(4)　《方言》：「蜀（禪母），南楚謂之獨（定母）」

(5)　《史記・孔子世家》：「孔子遂適衞，主於子路妻兄顏濁鄒家」顏濁（澄母）鄒《孟子・萬章上》作顏讎（禪母）由。

(6)　《詩・東門之墠》，《釋文》墠（禪母）作壇（定母）。

形聲字的證據如：

(1)豎（禪母）从豆（定母）聲

(2)純（禪母）从屯（定母）聲

(3)湛（定母）从甚（禪母）聲

(4)提（定母）从是（禪母）聲

4-2　上古聲母的念法

根據前面一節學者們研究所得的上古聲母條例，再以中古聲母的念法作基礎，就可以擬訂出上古聲母的念法。下面依發音部位的先後分別敍述。

4-2-1　脣音字的念法

p——→幫、非

p′——→滂、敷

b′——→並、奉

m——→明、微

m̥——→曉母的一部分字

這是依據「古無輕唇音」的條例擬訂的。幫、非兩系字上古都是雙唇塞音和鼻音，後世在三等韵裏，凡有〔ju〕介音的字，轉成了輕唇音。至於曉母的一部分字上古讀為雙唇清鼻音〔m̥〕，這是董同龢以來的古音學者都一致同意的觀點。這類字包含了所有和明母有接觸的曉母字，例如：

⑴《釋名》：「墨（明母），晦（曉母）也」，墨字又从黑（曉母）聲。

⑵《詩・小雅角弓》毛傳：「徽（曉母），美（明母）也」，徽字又从微（上古明母）聲。

⑶《詩・大雅皇矣》毛傳：「忽（曉母），滅（明母）也」，忽字又从勿（上古明母）聲。

⑷ 娓（曉母）从尾（明母）聲；巟（曉母）从亡（明母）聲；薨（曉母）从瞢（明母）省聲。

⑸《說文》：「膴（曉母）讀若謨（明母）」而其聲符「無」為上古明母。

⑹《經典釋文・毛詩》：「滅，呼悅反（曉母），《字林》武劣反（上古明母）」，滅字又从威（曉母）聲。

⑺悔、晦、誨（曉母）从每（明母）聲。

⑻昏（曉母）从民（明母）聲

⑼《廣韵・十五灰》：「晦，又作脢」而其聲符有明母、曉母之別。

⑽《玉篇》：「沬，火內切（曉母），又莫貝切（明母）」

⑾憮（微母），《玉篇》又音「荒烏切」（曉母）。

由這些例證可以看出這些曉母字上古一定不會念舌根音的〔x〕，應該是一個和明母〔m〕很接近的〔m̥〕，二者只是清、濁的區別而已，所以它們在上古能有如此密切的關係。至於那些不和明母接觸的曉母字，它們上古還是舌根音〔x〕。

上古的雙唇清鼻音如何演變成中古的舌根清擦音呢？首先，它受介音〔u〕的影響，變成雙唇清擦音，然後又變成唇齒清擦音，最後，仍然受〔u〕的影響，變成了舌根清擦音。

4-2-2　舌尖音的念法

ts ——→精、莊

ts′ ——→清、初

dz′ ——→從、牀（崇）

s ——→心、疏（生）

這是依據「精莊互用」的規律而擬訂的。中古的精系字和莊系字上古都屬舌尖塞擦音和擦音。董同龢曾說明這類字的演化條件是：二等變莊系，一、三、四等變精系。這類字傳統上稱爲「齒音」（塞擦音和擦音）。另有一套舌尖音傳統上稱「舌音」（塞音和鼻音）：

t ——→端、知、照（章）

t′——→透、徹、穿（昌）

d′——→定、澄、神（船）、禪

d ——→邪、俟

n ──→泥、娘、日

這裏包含了「古無舌上音」、「照三古讀舌頭」、「邪紐古歸定」、「娘日歸泥」、「禪母古音近定母」等規律。其演化條件是：凡〔t〕、〔t'〕、〔d'〕的一、四等字變端透定，二、三等字變知徹澄。而知徹澄原本都帶〔r〕介音。三等字變爲照（章）、穿、（昌）、神（船），都帶有〔j〕介音。

邪母和定母（含澄、神、禪）都有三等字，它們在上古的不同是不送氣〔d〕和送氣〔d'〕。到了中古，邪母由塞音變成了擦音（d＞z）。這種擦音化的發展是語音的一種弱化現象，是漢語普遍的演化方式（如p＞f，g＞x皆是）。

董同龢認爲中古有個「俟母」，和「莊系」配成一套。俟母字只有兩個：俟（牀史切）和漦（俟之切）。《廣韵》的「俟」字反切上字是「牀」，併入了牀（崇）母，這是後起的變化，在《切韻》殘卷裏，俟字「漦史反」，和漦字的聲母自成一類，在早期韵圖《韵鏡》、《七音略》中，它們放在齒音第五行禪母二等的位置，並不在第三行牀（崇母）的位置，可知在中古早期，此二字是獨立的一類聲母。在上古念作〔drj-〕，和邪母〔dj-〕在介音上不同（李方桂認爲上古的莊系字都有介音r）。

上古〔n〕帶r介音的成爲中古的娘母，帶j介音的成爲中古的日母，其他的就是泥母。

上古神（船）、禪二母是同源的。我們可以從幾個迹象上看出來：

(1) 《切韵》系韵書大體上有神母字的韵就沒有禪母字，有禪母字的韵就沒有神母字。

⑵從近代方言看，神、禪兩類字並無清晰的界限，像國語念擦音的「食、神、實、示」中古歸塞擦音的神母，念塞擦音的「常、承、臣、殖」中古反而歸擦音的禪母，而「盛、乘」等字又兼有擦音和塞擦音兩讀。

⑶ 唐末的＜守溫韵學殘卷＞有禪無牀，在其系統中把牀母（含神母字）和禪母併爲一類。

⑷ 《經典釋文》、《原本玉篇》也不分神、禪二母。

因此，「定、澄、神、禪」的來源都是〔d′〕。

4-2-3　流音的念法

中古音只有一個流音——〔l〕，上古還有另一個相對立的流音——〔r〕，它的性質是舌尖閃音。它是中古喻母四等字的來源。

l ——→來母

r ——→喻四

後來〔r〕消失了，於是成了中古的零聲母。前人「喻四古歸定」的條例說明了上古喻四念得近似定母，這個〔r〕正是和〔d′〕近似的音，它們都是舌尖濁的輔音。現代英語裏，這兩個音往往通轉，例如元音中間的－dd－和－tt－（像 ladder、letter）一般就念成了閃音〔r〕。李方桂曾引用了古代台語（Tai Language）用 r 來代替「酉」字的聲母，漢代用「烏弋山離」去譯 Alexandria，就是說用「弋」去譯第二音節〔－lek－〕。此外，我們也可以看到許多喻四的字，在同族的泰語中是念作 r 的，例如：（見《A study of Sino-Thai

Lexical Correspondences》Manomaivibool，1975，University of Washington.）

余 ra:　　移 re:

泄 ria　　腋 rak

艷 riam

4-2-4 舌根音和喉音的念法

k──→見

k'──→溪

g'──→群

g──→匣、喻三

ŋ──→疑

x──→曉

ʔ──→影

根據「喻三古歸匣」的條例，把它們的上古來源擬爲不送氣舌根濁塞音〔g〕，後世在一、二、四等韵前變爲匣母，在三等韵前變爲喻三。這個〔g〕的演化過程經歷了舌根濁擦音的階段，由塞音轉爲擦音，在漢語史中是屢見不鮮的。許多語史資料證明了匣母和喻三在上古是個塞音而非擦音，例如Iowa 大學的漢學家W. S. Coblin在1978 年研究《說文》讀若，發現在讀若中，匣母字總是和見、群、影等塞音字相接觸。趙元任翻譯的＜高本漢的諧聲說＞一文也指出：見母和曉母很少諧聲，卻大量和匣母諧聲，很明顯的表現了匣母上古是個塞音的〔g〕。

因此，上古的聲母系統中，有一套完整的送氣與不送氣對立的濁塞音：

b′　d′　g′

（b）　d　g

其中的 b 可能很早就消失了，所以在語料中看不出它的痕迹。這一套濁音的對立，和清音的對立是平行的：

p′　t′　k′

p　t　k

語音系統的對稱性、整齊性是普遍而自然的現象。

下面是廿三個上古聲母的簡表：

p	p′	b′	m	m̥		
ts	ts′	dz′	s			
t	t′	d′	d	n		
l	r					
k	k′	g′	g	ŋ	x	ʔ

問題討論

⑴試由閩南語的白話音來印證「古無輕唇音」的條例，舉出十個例字來。

⑵從《廣韵》中找出十個「知、徹、澄」母的字，用閩南語和客家話念念看，哪一個方言反映了上古音的痕迹？

⑶找出本書所列之外的形聲字三組，來說明照系三等字和端系字諧聲的現象。（參考《說文通訓定聲》）

⑷何謂「精莊互用」？代表什麼古音現象？

⑸試用古今習用的幾個第二人稱代名詞來說明「娘日歸泥」的條例。

⑹分析黃侃的「古聲十九紐」，和哪些前人所提到的古聲紐條例相合？

⑺古代賢者「皐陶」的「陶」為何要念一ㄠˊ？

⑻上古時代齊國的「田完」為何又稱「陳完」，二者在發音上有何關係？

⑼把本章4-1-7節所列的一首庾信的雙聲詩作一檢查，一一注出各字的聲母（依中古聲紐）。

⑽「申」字和「電」字在形、音、義三方面都有關聯，試分別說明之。

⑾上古哪些字念雙唇清鼻音〔m̥〕聲母？何以證明？

⑿何以知上古「定、澄、神、禪」四母都念〔d'〕？

⒀如何證明上古有〔g〕、〔d〕、〔r〕諸聲母？

5. 上古的複聲母

前面所談的只是上古的單聲母，實際上，上古還有一系列的複聲母。所謂「複聲母」，是「複輔音聲母」的簡稱。現代漢語的聲母都只有一個輔音構成，可是上古卻有兩個或三個輔音組合而成的聲母。如果用C表示輔音，用V表示元音，那麼，現代漢語的音節結構是CV（C），上古卻有CCV（C)或CCCV（C）的結構。

上古音的幾個領域中，韻部的研究最早，其次是單聲母和聲調問題，複聲母的研究最晚，這是因爲複聲母的研究需要充分的語音學知識，這樣的條件在清代尙未具備，民國以來，由於西方語音學的輸入，才開展了複聲母的研究工作。

其實，漢語古有複聲母的觀念早在十九世紀末的英國漢學家艾約瑟就提到了，但是他沒有作深入的探索。後來瑞典漢學家高本漢開始作了一些複聲母的擬訂。國內學者首先注意到這方面的研究的人是林語堂和陳獨秀。林氏在民國十二、三年間發表＜古有複輔音說＞，陳氏在民國二十六年有＜中國古代語音有複聲母說＞。此後的學者如陸志韋、董同龢、周法高、梅祖麟、李方桂、張琨、陳新雄、丁邦新、楊福綿、嚴學窘、竺家寧都對複聲母問題進行了深入的探討。這方面的研究進展可以分爲兩個階段。

⑴二十世紀前半是「懷疑與論辯」的階段。

⑵二十世紀後半是「確立與系統」的階段。

任何學術發展的早期，有學者提出懷疑的觀點，是很自然的事。經過長期的反覆驗證，複聲母學說終於能夠確立，特別是近十餘年，複聲母的研究更是日新月異，由局部現象的探討，邁入了全盤的、系統的擬訂。

5-1 複聲母存在的證據

有什麼理由可以證明上古有複聲母呢？主要有下列證據：

第一，從實際語言觀察，「輔音群」不論出現在音節開頭或末尾，在它演化的過程中總是趨於失落或變簡。例如英文的 spr > sp（OE sprecan 變爲現代的 speak）、hl > l（OE hliehhan 變爲現代的 laugh）、ps > s（pseudo的開頭 p 現已不發音）、kn > n（knee 的開頭 k 現已不發音）。因此，我們知道：「複聲母——→單聲母——→零聲母」是個很自然的過程。

第二，由現存的同族語言可以證明。例如藏語、緬語、傣語、苗語、瑤語等，都屬於「漢藏語族」，有許多古老的語言成分仍保存在這些語言中。特別是藏語普遍的具有複聲母，羌語、普米語、怒語、獨龍語、瑤語、仡佬語等語言和漢語都有同源的關係，它們都有複聲母。李方桂研究古代台語（Tai Language）發現也有pl–、ml–、tl–、nl–、hl–、kl–、ŋl– 等複聲母。

複聲母既然在漢語的親屬語言中普遍存在，如果說上古漢語獨無複聲母，不是件很奇怪的事嗎？事實上，我們已經可以找到不少的對音，反映了上古漢語的複聲母，例如：

(1)「孔」古音 kluŋ，泰語正是 klong（見林語堂《語言學論叢》)。

⑵「午」古音 sŋɑ，某些台語方言正是念 sɑŋɑ （見董同龢《上古音韵表稿》)。

⑶「藍」古音 klam，泰語 khrɑm(見高本漢《中國聲韵學大綱》)。

⑷「卒」古音 stut，藏語 sdud(見包擬古＜藏語 sdud 與漢語卒字的關係＞)。

⑸「損」古音 sguən，藏語 skum－pɑ(見包擬古＜反映於漢語中的漢藏 s－複聲母＞)。

第三，漢字本身就是一個豐富的古語資料庫。佔了漢字百分之九十以上的形聲字是由義符和聲符兩部分構成，聲符可以代表這個形聲字的聲音，像「呻、伸、紳、神」都是用「申」來注音，「違、圍、緯、偉」都是用「韋」來注音。可是「播」的聲符是「番」、「掉」的聲符是「卓」、「督」的聲符是「叔」，似乎就脫離了聲符注音的原則。其實，這是語音變化的緣故，在造此形聲字之初，本無發音上的差異。因此，由聲符和本字的發音關係，我們不是正可以找出古音的原始狀貌嗎？在前面幾章裏，我們已經看到形聲資料的廣泛運用，揭開了不少古音之謎。同樣的，我們也可以藉助這樣的資料去探索複聲母。例如：

里(良士切)：埋(莫皆切)

翏(落蕭切)：謬(靡幼切)

吝(良刃切)：文(無分切)

坴(力竹切)：睦(莫六切)

中古音前一行都念〔l〕聲母，後一行都念〔m〕聲母，像這樣大量而平行的例證，絕不會是偶然的。它們在造字之初一定不會用〔m〕和〔l〕互相注音，每個人都可以感覺到它們是不同的發音。那麼，它們是否原本都念成〔m〕？或者都念成〔l〕呢？我們沒有理由作這樣的假設，因爲都念〔m〕，中古的「里、吝………」等字又是如何會變成〔l〕呢？反之亦然，〔l〕也不會隨便就變成了〔m〕。那麼，我們是不是可以說這些形聲字是方言的因素造成的？恐怕也有困難，因爲「方言」是由一個「語言」分化出來的，是同源的，最後仍逃不開〔m〕、〔l〕來源的問題。因此，形聲字中的此類情況以複聲母來解釋是最合常理的。其中必然有〔ml〕的聲母結構存在。

第四、古籍中的資料。

古書中的音訓可以提供我們複聲母的證據，例如：

⑴《說文》：「來（l－），周所受瑞麥（m－）來（l－）麰（m－）也」。事實上，「來、麥」是同源詞，其中透露了〔ml〕複聲母的痕迹。

⑵《說文》：「膴（l－），膴（m－）也。」

⑶《釋名》：「幕（m－），絡（l－）也。」

⑷《毛詩・烈文》傳：「靡（m－），累（l－）也。」

⑸《毛詩・旣醉》傳：「朗（l－），明（m－）也。」

⑹《毛詩・小星》傳：「昴（m－），留（l－）也。」

古書中的聯綿詞往往也反映了上古的複聲母，例如：

⑴《毛詩・小雅小宛》：「螟〔m－）蛉（l－）有子」

⑵《爾雅・釋詁》郭璞注：「彌（m－）離〔l－〕猶蒙（m－）籠（l－）耳。」

⑶《說文・目部》：「瞴（m－）婁（l－），微視也。」

⑷《釋名・釋兵》：「盾，……以縫編版，謂之木(m－) 絡（l－）。」

⑸《史記・司馬相如傳》：「恐後世靡（m－）麗（l－）。」

⑹《漢書・晁錯傳》：「草木蒙（m－）蘢（l－）。」

⑺《莊子・則陽》：「治民焉，勿滅（m－）裂（l－）」郭象注「鹵莽滅裂，輕脫末（m－）略（l－）。」

⑻《莊子・齊物論》：「罔（m－）兩（l－）問影曰」

⑼《莊子・齊物論》：「夫子以爲孟（m－）浪（l－）之言」《文選・吳都賦》注：「孟浪，猶莫（m－）絡（l－）也。」

古書中的一字兩讀，也是印證複聲母的材料：

⑴《釋文・周禮春官樂師》：「氂舊音毛，劉音來・」

《類篇》：「氂，陵之切，又謨支切」。

⑵《類篇》：「䘵，盧谷切，又莫筆切」

⑶《詩・召南小星》：「惟參與昴」，《釋文》：「昴音卯」，朱熹《詩集傳》：「昴，力久切」。

⑷《釋文》、《集韵》「龍」字又有莫江切一音。

⑸朱駿聲、王筠皆認爲「命，令亦聲」，實際上「命、令」爲同源詞。

我們又可由古籍異文中探求複聲母：

⑴《易・夬爻辭》：「莧陸」《釋文》引蜀才本：「陸（l－）作睦（m－）。」

⑵《周禮・春官太卜》：「以邦事掌龜之八命」、《春秋。

僖九年左氏傳》：「令不及魯」、《莊子・田子方》：「先君之令」三處，《釋文》皆云：「命本作令」、「令或作命」。

⑶《周禮・天官縫人》：翣柳，鄭注作「接檟」。

⑷《史記・律書》：「北至于留」《索隱》：「留，即昴也」。

⑸《史記・宋微子世家》：「元公卒，子景公頭曼立」，《漢書・古今人表第七等》作「宋景公兜欒」

⑹《國策・魏策》：「欒水齧其墓」，晋孔衍《春秋後語》作「轡水」。

⑺《墨子・耕柱》：「子墨子謂駱滑氂曰」，＜公輸篇＞作「臣之弟子禽滑釐」，《列子・楊朱篇》作「禽骨釐聞之曰」，《漢書・儒林傳序》：「如田子方、段干木、吳起、禽滑氂之屬」，，又＜古今人表・第四等＞有「禽屈釐」。

⑻《老子》：「寂兮寞兮」今河上本「寞」作「寥」。

⑼《莊子・則陽》：「靈公奪而里之」，《釋文》：「一本作奪而埋之」。

5-2 擬訂複聲母的原則

不了解複聲母的人以爲複聲母就是看到兩個不同的聲母相接觸（例如有諧聲、假借、音訓等情形），就把這兩個聲母拼合起來成爲「複」聲母。事實上並非如此，我們擬訂複聲母，至少應考慮到：

⑴兩種聲母的接觸，可以找到大量而平行的例證，我們不能

爲一、兩個孤證，就擬訂一個複聲母。不只在同一類證據裡能找到這樣的接觸現象，必需在其他語料中也普遍反映這種現象，例如上一節所談的〔ml〕複聲母，不但在形聲裏有它，在通假、音訓、聯綿詞、一字兩讀中也普遍存在著〔ml〕的痕迹，在同族語言裏更可以獲得有力的例證，我們才能作這樣的擬訂。

⑵不是任何輔音都適合相配成爲複聲母，什麼樣的輔音經常相配，什麼樣的輔音很少相配，什麼樣的輔音從不相配，我們都必需從實際語言中去觀察了解。兩個輔音結合時，哪個在前，哪個在後，也是要愼重考慮的問題。

⑶所擬的複聲母還要能和其他的複聲母構成一個整齊的系統，語音的對稱性、系統性是語言結構的通則。例如sm，sn，sŋ 就是一組相對襯的音，pl，tl，kl，也是一組相對襯的音。我們不可能擬訂一個sm，而沒有其它s－開頭的複聲母，也不可能擬訂一個pl，而沒有其它帶l的複聲母。否則，這個擬訂的sm、pl就有問題。

⑷所擬訂的複聲母一方面要能解釋上古語料間音的關係，像sd－可以和sr－ 諧聲，pl－可以和bl－ 諧聲，但是pl－ 就不太適合和kl－ 諧聲，更不可能和一個sd－ 的字諧聲。另一方面還得解釋它到中古音的演變，音變是有一定規則可循的，不是任何音都可以相互變化的。像bl－變l－是很正常的，但是sm－ 變k－ 就是不合理的。如果不能合理的解釋這個複聲母是如何變爲那個中古聲紐的，那麼，這個複聲母的擬訂就有問題。

由以上四點，我們知道複聲母學說的建立是有嚴密的方法和確切的依據的，我們在討論複聲母問題時，一定要對問題本身有充分的了解，才不致失之主觀和武斷。

5-3　幾種複聲母的型式

複聲母學說目前仍是在發展中的學科，上古漢語到底有多少種類複聲母，還不能十分確定。不過，帶 l 和帶 s 的複聲母是學者討論最多的兩類，也是比較能夠確定的兩種型式。另外兩類可能存在的複聲母是：帶舌頭音的和帶喉塞音的。下面就分別討論。

5-3-1　帶舌尖邊音 l 或閃音 r 的複聲母

邊音 l 和閃音 r 在性質上相近，都屬舌尖部位的流音，所以歸爲一大類。這類複聲母的演化規律是：

⑴凡是不送氣濁塞音、塞擦音加 l（或 r）的，就失落前一成分。

⑵凡是其他音加 l（或 r）的，就失落後一成分。

這類複聲母可細分爲六小類：

⑴　P L －型

聿 r-（＞喻四）筆 pl-（＞幫母）

樂 l-（＞來母）爍 pr-（＞幫母）

䜌 l-（＞來母）變 pl-（＞幫母）

侖 l-（＞來母）錀 p'l-（＞滂母）

風 pl-（＞幫母）嵐 bl-（＞來母）

龍 l-（＞來母）龎 b'l-（＞並母）

(2)　T L－型

來 l－（＞來母）齨 t r－（＞知母）

賴 l－（＞來母）獺 t′l－（＞透母）

兌 d′－（＞定母）䬇 d l－（＞來母）

利 l－（＞來母）莉 d′l－（＞澄母）

(3)　K L－型

婁 l－（＞來母）屨 k l－（＞見母）

立 l－（＞來母）泣 k′l－（＞溪母）

京 k－（＞見母）涼 g l－（＞來母）

翏 l－（＞來母）璆 g′l－（＞群母）

(4)　TSL－型

僉 t s′l－（＞清母）臉 l－（＞來母）

令 l－（＞來母）　旍 t s l－（＞精母）

子 t s－（＞精母）　李 d z l－（＞來母）

(5)　N L－型　（N代表鼻音）

里 l－（＞來母）　埋 m r－（＞明母）

文 m l－（＞明母）吝 l－（＞來母）

魚 ŋ l－（＞疑母）魯 l－（＞來母）

亂 l－（＞來母）　薍 ŋ r－（＞疑母）

(6)　F L－型　（F代表擦音）

史 s r－（＞疏母）吏 l－（＞來母）

立 l－（＞來母）　颯 s l－（＞心母）

鹿 l－（＞來母）　顱 x l－（＞曉母）

翏 l－（＞來母）　嘐 x r－（＞曉母）

5-3-2 帶舌尖清擦音S-的複聲母

這類複聲母的演化有三種途徑：

(1)音素失落——例如sr-，sg-，sb-都變爲中古的s-，後面的全濁音消失了。s加清輔音或鼻音，則失落s。

(2)音素易位——例如st-變ts-。

(3)顎化作用——例如skj 變爲舌面前塞擦音。英語也有相似的變化，如skip＞ship，fisk＞fish。

S- 複聲母可以分作四小類：

(1) ST-型

左st-（＞精母）隋t'-（＞他果切，透母）

耑t-（＞端母） 諯st'-（＞清母）

亶t-（＞端母） 羶sd-（＞審母）

單t-（＞端母） 輝sd'-（＞崇母）

妥t'-（＞透母）綏sr-（＞心母）

(2) SK-型

支sk-（＞章母）妓k-（＞見母）

區k'-（＞溪母）樞sk'-（＞昌母）

曷g-（＞匣母） 鞨sg'-（＞船母）

宣sg-（＞心母）喧x-（＞曉母）

血sx-（＞曉母）恤s-（＞心母）

(3) SP-型

必p-（＞幫母） 瑟sb-（＞心母）

卞b'-（＞並母）笇sb-（＞心母）

(4)　SN－型

尾 sm－（＞明母）　犀 s－（＞心母）

襄 s－（＞心母）　囊 sn－（泥母）

埶 sŋ－（＞疑母）　褻 s－（心母）

叔 sd－（＞審母）　惄 stn－（泥母）

5-3-3　帶喉塞音的複聲母

在語言中，喉塞音伴隨 p 、t 出現是很普遍的。印歐語中的德語、丹麥語往往就以喉塞音開頭。

在演化上，喉塞音是個弱勢音，所以傾向於失落。上古音的喉塞音到中古時代就完全消失了（指複聲母，單聲母還保留一個「影母」念喉塞音）。國際音標的喉塞音符號是一個問號去掉下面那一點：〔 ʔ 〕，由於印刷上不便，所以下面用一小黑點〔 • 〕代替。這類複聲母共分四小類：

(1)　•T－型

合 g－（＞匣母）　答 •t－（＞端母）

君 k－（＞見母）　涒 •t'－（＞透母）

谷 k－（＞見母）　俗 •d－（＞z，邪母）

貴 k－（＞見母）　頹 •d'－（＞定母）

(2)　•ST－型

告 k－（＞見母）　造 • st'－（＞七到切，清母）

今 k－（＞見母）　岑 •sd'－（＞從母）

畫 g－（＞匣母）　擓 • st－（＞精母）

(3) ・P－型

各 k－（＞見母） 貉・p′－（＞滂母）

斌・p－（＞幫母） 贇・－（＞影母）

夸 k′－（＞溪母） 鮬・b′－（＞並母）

(4) ・N－型 （N代表鼻音）

今 k－（＞見母） 念・n－（＞泥母）

久 k－（＞見母） 畝・m－（＞明母）

5-3-4 帶舌尖塞音 t- 的複聲母

在同族語言中，這個 t－ 詞頭是很普遍的。例如白保羅的《漢藏語概要》曾舉出藏緬語的例子：「六」d－ruk、「九」d－kuw、「熊」d－wam、「虎」d－key、「鹿」d－yuk、「蟹」d－kay 等。

在寫法上，這個開頭的舌尖塞音如果出現在清輔音之前，就是〔t－〕，如果出現在濁輔音之前就是〔d－〕，二者不構成音位的對立。

演化方面，這個 t－詞頭後世全都失落了。這類複聲母可以區分爲三小類：

(1) TK－型

𠂤 t－（＞端母） 歸 tk－（＞見母）

它 t′－（＞透母） 牠 tk′－（＞溪母）

隹 t－（＞章母） 帷 dg－（＞g＞匣母）

氏 t－（＞章母） 祇 dg′－（＞群母）

台 t′−（＞透母）　咍 tx−（＞曉母）

多 t−（＞端母）　黟 t·−（＞影母）

(2)　TP－型

勺 t−（＞章母）　箹 tp−（＞幫母）

朱 t−（＞章母）　珠 tp′−（＞滂母）

乏 db′−（＞並母）　䟡 d′−（＞定母）

(3)　TN－型

朝 t−（＞章母）　廟 dm−（＞明母）

占 t−（＞章母）　黏 dn−（＞泥母）

多 t−（＞端母）　宜 dŋ−（＞疑母）

複聲母消失的時代大約和反切產生的時代相銜接。上古的複聲母多（由上面的系統看，有六十多個），單聲母少（二十多個），中古沒有了複聲母，而單聲母卻增加了。因此，語音的辨異功能還是平衡的。這就像韵母方面，上古的主要元音少，介音和韵尾的種類就比較多，到了中古，介音和韵尾減少了，主要元音的數量就增多，這樣，在整個韵母體系的區別力來說，並未減弱。

問題討論

⑴複聲母和多音節有什麼不同？

⑵大略說說複聲母觀念由萌芽到確立的進展情況。

⑶利用《韋氏大字典》查出三個英文由複聲母演變爲單聲母的例子。

⑷漢語的同族語言有哪些？由地圖上標示出它們的分佈範圍。

⑸除了形聲字以外，我們還能從古籍中的哪些語料考察上古複聲母？

⑹從形聲字中可以找出多少見母和來母相諧聲的例子？（參考沈兼士《廣韵聲系》）

⑺你是否能找出「角」字在上古念〔kl－〕聲母的證據？（可參考竺家寧《古音之旅・有趣的複聲母》）

⑻擬訂複聲母有哪些基本的原則？

⑼本書所舉帶 l 和帶 s 的複聲母例證之外，你是否也注意過這方面的遺迹？請各舉出三條來。

6.　上古有「平上去入」嗎？

漢語語音的分析不外由聲、韵、調三方面著手，聲調尤其是漢語的一個特色。我們都知道，國語有四聲，閩南語有七聲，客家話有六個聲調，粵語有九個聲調；我們讀唐、宋詩詞，也知道中古音有「平上去入」四個聲調。那麼，上古音的情況又如何呢？對於這個問題，古音學者的意見並不一致，主要有下列三派看法。

6-1　兩調說

第一個提出上古聲調和中古「平上去入」不同的學者是段玉裁。段氏《六書音韻表》說：

> 「古平上為一類，去入為一類，上與平一也，去與入一也上聲備於三百篇，去聲備於魏晉。」

他認爲《詩經》時代只有平、上、入三聲，沒有去聲，去聲直到魏晉才從入聲分出來。段氏又說：

> 「玫周秦漢初之文，有平上入而無去，洎乎魏晉，上入聲多轉而為去聲，平聲多轉而為仄聲，於是乎四聲大備。」

這是說去聲的來源，主要是從入聲變來，也有一些是從上聲和平聲變來的。

押韵中，去入同源的證據如：

(1)班固＜西都賦＞以「厲（去）、竄（去）、穢（去）、蹷

（入）、折（入）、噬（去）」押韻。

⑵左思<蜀都賦>以「達（入）、出（入）、室（入）、術（入）、駟（去）、瑟（入）」押韻。

⑶左思<魏都賦>以「列（入）、翳（去）、悅（入）、世（去）」押韻。

⑷江淹<擬謝法曹詩>以「汭（去）、別（入）、袂（去）、雪（入）」押韻。

《詩經》中去入相押的如：

⑴<杕杜・四章>：「至（去）、恤（入）」

⑵<采芑・一章>：「涖（去）、率（入）」

⑶<正月・九章>：「輻（入）、載（去）、意（去）」

⑷<四月・三章>：「烈（入）、發（入）、害（去）」

形聲字的例證如：

⑴察（入）从祭（去）聲

⑵决（入）从夬（去）聲

⑶姪（入）从至（去）聲

⑷路（去）从各（入）聲

⑸怕（去）从白（入）聲

⑹特（入）从寺（去）聲

⑺翼（入）从異（去）聲

⑻背（去）从北（入）聲

⑼富（去）从畐（入）聲

⑽試（去）从式（入）聲

民國以來，在段氏的基礎上再繼續研究上古聲調，而歸結於兩調之說的，還有黃侃和王力。黃侃＜聲韵略說＞云：

「古聲但有陰聲、陽聲、入聲三類，陰陽聲皆平也，其後入聲稍變而為去，平聲稍變而為上，故成四聲。」

黃氏曾撰＜詩音上作平證＞，認爲《詩經》時代上聲仍未從平聲分化出來。他舉的例證如：

⑴＜柏舟＞：「舟、流、憂、酒（上聲）、游」

⑵＜谷風＞：「菲（上）、體（上）、違、死（上）」

⑶＜北門＞：「我（上）、何、爲」

⑷＜定之方中＞：「虛、楚（上）」

⑸＜載馳＞：「子（上）、尤、思、之」

⑹＜氓＞：「湯、裳、爽（上）、行」

⑺＜揚之水＞：「蒲、水（上）」

⑻＜褰裳＞：「洧（上）、思、士（上）」

⑼＜敝笱＞：「唯（上）、歸、水（上）」

⑽＜載驅＞：「湯、彭、蕩（上）、翔」

王力認爲上古只有舒、促兩類聲調。他在《漢語史稿》中說：

「所謂舒聲，是指沒有－p、－t、－k收尾的音節來說的；所謂促聲，是指有－p、－t、－k收尾的音節來說的」

這兩類聲調又各分長短，舒而長的是平聲，舒而短的是上聲，促聲的長短，就是去聲和入聲。他認爲，就上古的音節而論，短的不一定是促的，例如短平（中古的上聲）；促的不一定是短的，例如長入（中古的去聲）。上古的長入，由於它們的元音都是長元音，在發展過程中，韻尾－t 、－k 逐漸消失了。長入韵尾的消失大約是在第五世紀或更早的時期完成的。

王氏在《漢語語音史》中，把他的聲調說列為一表：

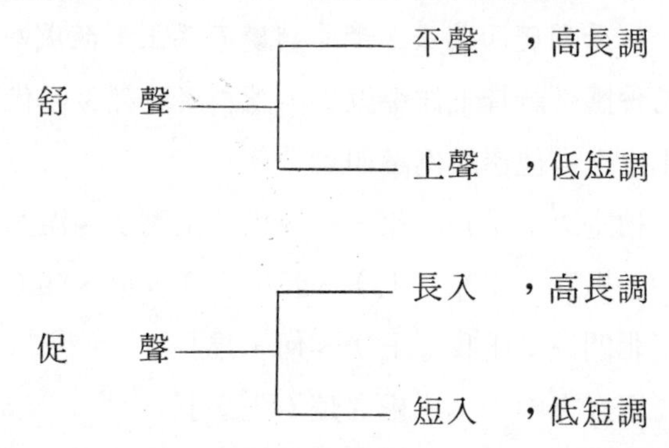

他補充說明：現在苗、瑤語中還有長入、短入的分別。至於所謂高調、低調，不一定是平調。高調可能是高升調或高降調，低調可能是低升調或低降調。

他認為《公羊・莊二十八年》：「春秋伐者為客，伐者為主」何休注：「伐人者為客，讀伐長言之，齊人語也；見伐者為主，讀伐短言之，齊人語也」中之「長言」，就是長入，「短言」就是短入。

王氏又舉出許多入聲字都有去、入二讀，也就是長入、短入兩讀。例如：

⑴刺，七賜切，又七亦切

⑵易，以豉切，又以益切

⑶帥，所類切，又所律切

⑷質，陟利切，又之日切

⑸比，毗至切，又扶必切

⑹植，直吏切，又市力切

⑺尉，於胃切，又紆物切

⑻著，陟慮切，又張略切

⑼足，子句切，又即玉切

⑽閉，博計切，又方結切

因此，王力的結論是：

「我所訂的上古聲調系統，和段玉裁所訂的上古聲調系統基本一致。段氏所謂平上為一類，就是我所謂舒聲；所謂去入為一類，就是我所謂促聲。只有我把入聲分為長短兩類，和段氏稍有不同。為什麼上古入聲應該分為兩類呢？這是因為，假如上古入聲沒有兩類，後來就沒有分化的條件了。」

又說：

「《詩經》長入、短入分用的情況占百分之九十四，合用的情況只占百分之六，………由此可見，長入（去聲）是有它獨立性的。長入與短入，既有關係，又有分別。有關係，所以同屬促聲（入聲）；有分別，所以分為長入、短入。這大概可以作為定論。」

6-2　四調說

清代大部分學者都認爲上古也有平上去入四聲。顧炎武《音論・古人四聲一貫》即主張上古有四聲，而四聲之間可以通押，顧氏稱這種現象爲「四聲一貫」。

江永也認爲上古有四聲，「平自韵平，上去入自韵上去入者，恒也。亦有一章兩聲或三四聲者，隨其章諷誦咏歌，亦自諧適，不必皆出一聲。」

江有誥也說：「至今反復紬繹，始知古人實有四聲，特古所讀之聲與後人不同。」可知江氏也主張四聲。此外，王念孫、劉逢祿、夏燮等清代學者都有同樣的看法。

民國以來，周祖謨撰＜古音有無上去二聲辨＞一文，主張上古有四聲，董同龢、李方桂、周法高、丁邦新看法相同。異調相押的情況，周祖謨的解釋是：「入聲韵尾既有塞音，則其聲調自較平聲爲短爲促，故《詩》中平入通協者少；至於《詩》中去聲字之與入相協者，大半由入聲轉來，其音亦必相近。」董同龢《漢語音韻學》的解釋是：「韻語對聲調的要求是不必如對韵母那樣嚴的。」丁邦新＜漢語聲調的演變＞一文說：「上古到南北朝詩人自然押韻的傾向而言，在這一段漫長的時間之中，聲調的類別大體上一直維持四聲只有四調的局面。」張日昇＜試論上古四聲＞一文更由《詩經》押韵的統計數字上說明古有四聲：

⑴平聲 2553 個韵脚，有 2186 個獨用，佔 85 %

⑵上聲 1157 個韵脚，有 882 個獨用，佔 76 %

⑶去聲 581 個韵脚，有 316 個獨用，佔 54 %

⑷入聲 855 個韵脚，有 732 個獨用，佔 85 %

在《詩經》全部韵脚 5350 個中，同調獨用的共 4116 個，佔了五分之四，明確的顯示出是以四聲自叶爲主。因此，四調說的主張也是言而有據的。

6-3　輔音韵尾說

有些學者認爲，上古還沒有聲調，後世的四聲源於上古不同的四種輔音韵尾。最早提出這個觀念的，是法國漢學家歐弟國（Haudricourt，1954），他發現漢語的去聲相當於越語「問聲」和「跌聲」，而這兩種聲調是經由輔音韻尾－s＞－h變來的，因此，他認爲上古漢語的去聲字也有－s韵尾。他舉出二十多個去聲字，如「寄、義、露、訴、墓、卦、嫁、歲………」等，在越語中原來都有－s尾。

後來浦立本（Pulleyblank，1963、1973、1979）更進而支持輔音韵尾說，認爲－s尾到六世紀還保存在某些韵裏，其他各韵，則－s已變爲－h。後來，剩下的－s也完全變－h。《切韵》時代，上聲字有喉塞音韵尾，去聲有－h尾，因此，平、仄之別是開音節與閉音節的不同。浦氏舉出對音的例證來說明：

都　賴　Talas

罽　賓　Kashmir

波羅奈　Varanasi

舍　衞　Sravasti

對　馬　Tusima

這裏的去聲字都用來譯帶－s的音節。

至於上聲字上古帶喉塞音收尾，浦氏沒有舉出有力的例證，只是移用了越語的系統而已。可是1970年梅祖麟舉出了三種證據，推定到漢代，上聲字還有喉塞音尾：

⑴現代方言，溫州、浦城、建陽、安定、文昌的上聲字還保存喉塞尾。

⑵佛經的材料可證明中古上聲字爲短調，由實驗語音學看來，短調往往是古代喉塞音尾的遺跡。

⑶古漢越語的借字，顯示漢代上聲相當於越語的「銳聲」和「重聲」，這兩種聲調正是喉塞尾變來的。

丁邦新＜漢語聲調源於韵尾說之檢討＞一文提出論證，認爲「聲調源於韵尾可能有更早的來源，可能在漢藏語的母語中有這種現象，但是在《詩經》時代沒有痕迹。」這個觀點是完全合理的。

總結上古聲調，上面三個學說各掌握了一部分眞象，如果我們把它們合起來看，就是一個完整的上古聲調體系了。原來，上古也有平上去入四個調，可是在調値上，平上相近，去入相近，所以平上常通押，去入常通押。換句話說，上古是「四調兩類」。這四個聲調是由《詩經》以前不同的輔音韻尾失落而形成的。所以上面的三個說法是可以統合的，不是互相矛盾的。

關於上古的聲調學說，還有其他很多種看法，例如孔廣森的「古無入聲說」、王國維的「五聲說」等，這些看法只是個人的見解，沒有普遍爲學者接受，所以這裏就省略不談了。

問題討論

⑴主張上古只有兩調的依據是什麼？簡單的作一敍述。

⑵有哪些學者主張上古有四調？主要的依據又是什麼？

⑶上古聲調有源於輔音韵尾一說，其論點如何？

⑷從段氏＜六書音韵表·詩經韵表＞中找出去、入聲押韵的例子五條。並觀察跟平聲字押韵的異調字有哪些？以哪一調最多？

⑸中國文學史上，各類作品、各種體裁，在押韻方面，對聲調的要求有何異同？試分別作一考察、比較。

⑹在俗文學，以及方言歌謠中，押韻和聲調的關係如何？試搜集材料，加以討論。

國家圖書館出版品預行編目資料

古音學入門

林慶勳、竺家寧著. – 初版. -- 臺北市：臺灣學生，1989

冊；公分

ISBN 978-957-15-0000-3 (平裝)

1. 中國語言 – 聲韻

802.41/8765

古音學入門（全一冊）

著作者：林慶勳・竺家寧

出版者：臺灣學生書局有限公司

發行人：楊雲龍

發行所：臺灣學生書局有限公司

臺北市和平東路一段七十五巷十一號

郵政劃撥帳號：00024668

電話：(02)23928185

傳眞：(02)23928105

E-mail：student.book@msa.hinet.net

http：//www.studentbook.com.tw

本書局登記證字號：行政院新聞局局版北市業字第玖捌壹號

印刷所：長欣印刷企業社

新北市中和區永和路三六三巷四二號

電話：(02)22268853

定價：新臺幣二五〇元

西元一九八九年七月初版

西元二〇一二年九月五刷

80251

ISBN 978-957-15-0000-3 (平裝)

臺灣 學生書局 出版

中國語文叢刊

❶	古今韻會舉要的語音系統	竺家寧著
❷	語音學大綱	謝雲飛著
❸	中國聲韻學大綱	謝雲飛著
❹	韻鏡研究	孔仲溫著
❺	類篇研究	孔仲溫著
❻	音韻闡微研究	林慶勳著
❼	十韻彙編研究	葉鍵得著
❽	字樣學研究	曾榮汾著
❾	客語語法	羅肇錦著
❿	古音學入門	林慶勳、竺家寧著
⓫	兩周金文通假字研究	全廣鎮著
⓬	聲韻論叢・第三輯	中華民國聲韻學會 輔仁大學中文系所 主編
⓭	聲韻論叢・第四輯	中華民國聲韻學會 東吳大學中文系所 主編
⓮	經典釋文動詞異讀新探	黃坤堯著
⓯	漢語方音	張　琨著
⓰	類篇字義析論	孔仲溫著
⓱	唐五代韻書集存(全二冊)	周祖謨著
⓲	聲韻論叢・第一輯	中華民國聲韻學學會 臺灣師範大學國文系 主編
⓳	聲韻論叢・第二輯	中華民國聲韻學會、臺灣師範大學 國文系所、高雄師範大學國文系所 主編
⓴	近代音論集	竺家寧著

㉑	訓詁學(上冊)	陳新雄著
㉒	音韻探索	竺家寧著
㉓	閩南語韻書《渡江書》字音譜	王順隆編著
㉔	簡明訓詁學(增訂本)	白兆麟著
㉕	音韻闡微	(清)李光地等編纂
㉖	聲韻論叢・第五輯	中華民國聲韻學會 中正大學國文系所 主編
㉗	漢藏語同源詞綜探	全廣鎮著
㉘	聲韻論叢・第六輯	中華民國聲韻學會、臺灣師範大學國文系所、中央研究院歷史語言研究所 主編
㉙	聲韻論叢・第七輯	中華民國聲韻學會、逢甲大學中文系所、臺灣師範大學國文系所 主編
㉚	聲韻論叢・第八輯	中華民國聲韻學學會、國立彰化師範大學國文系所 主編
㉛	玉篇俗字研究	孔仲溫著
㉜	聲韻論叢・第九輯	中華民國聲韻學學會、國立臺灣大學中國文學系 主編
㉝	聲韻論叢・第十輯	中華民國聲韻學學會、輔仁大學中國文學系所 主編
㉞	辭格比較概述	蔡謀芳著
㉟	孔仲溫教授論學集	孔仲溫著
㊱	修辭格教本	蔡謀芳著
㊲	古漢語字義反訓探微	葉鍵得著
㊳	聲韻論叢・第十一輯	中華民國聲韻學學會、輔仁大學中國文學系所 主編
㊴	聲韻論叢・第十一輯特刊(英文本)	中華民國聲韻學學會、輔仁大學中國文學系所 主編
㊵	聲韻論叢・第十二輯	中華民國聲韻學學會、輔仁大學中國文學系所 主編
㊶	廣韻研究	陳新雄著
㊷	聲韻論叢・第十三輯	中華民國聲韻學學會主編
㊸	訓詁學(下冊)	陳新雄著
㊹	聲韻論叢・第十四輯	中華民國聲韻學學會主編

㊺	古漢語詞彙研究導論	管錫華著
㊻	曲韻與舞臺唱唸	蔡孟珍著
㊼	聲韻論叢・第十五輯	中華民國聲韻學學會主編
㊽	聲韻論叢・第十六輯	中華民國聲韻學學會主編
㊾	漢語常用假設連詞演變研究：兼論虛詞假借說	高婉瑜著
㊿	漢語語言學	謝雲飛著